STRAF-RAUM-BEZIEHUNG

INVICTICON

Printausgabe, erschienen 2022
1. Auflage

ISBN: 978-3-95949-543-1

Eutiner Straße 24,
18109 Rostock

www.main-verlag.de
www.facebook.com/MAIN.Verlag
order@main-verlag.de

Umschlaggestaltung: © Marta Jakubowska, MAIN Verlag
Umschlagmotiv: © shutterstock 606567092 / 735656077
Kapitelbild + Trenner: © shutterstock 331113203 / 192092204

Druck: Eisermann Media GmbH

Bibliografische Information der Deutschen Nationalbibliothek:
Die Deutsche Nationalbibliothek verzeichnet diese Publikation in der Deutschen Nationalbibliografie; detaillierte bibliografische Daten sind im Internet über http://dnb.d-nb.de abrufbar.

Die Handlung, die handelnden Personen, Orte und Begebenheiten dieses Buchs sind frei erfunden.
Jede Ähnlichkeit mit toten oder lebenden Personen oder Persönlichkeiten des öffentlichen Lebens, ebenso wie ihre Handlungen sind rein fiktiv, nicht beabsichtigt und wären rein zufällig.

STEFAN MELLENTIN

STRAF-RAUM-BEZIEHUNG

Das Buch

Geoutet im aktiven Fußballsport.

Undenkbar?

Für Daniel und Tex ist das Realität. Privat stehen sie zu ihrer Beziehung, nur die Öffentlichkeit darf nichts darüber erfahren. Alle fürchten den Shitstorm, der den Verein treffen würde.

Kann eine geheime Beziehung auf Dauer gut gehen? Während der Verein sich hinter seine Spieler stellt, steht Tex vor Problemen mit der eigenen Familie.

Der Ball rollt aus dem Strafraum zurück ins Spiel …

Für meine Freunde aus der Futsal Bundesliga
und für den Stammtisch und die Menschen,
die ihn ausmachen

Liebe Leser:innen,

es ist mir eine besondere Ehre, als Fußball-Laie dieses Vorwort verfassen zu dürfen.

Vor geraumer Zeit hatte ich im Rahmen der Recherche zu diesem Buch die Gelegenheit zu persönlichen Kontakten zu Betroffenen, mit denen ich die Sorgen und Nöte schwuler Bundesligaspieler erörtern durfte.

Die Inakzeptanz jeglichen Andersseins unter Fans und Fußballfreunden wirkt sich katastrophal aus: Nicht weiße Spieler werden rassistisch beleidigt, auf dem Platz, wie im Netz. Wer auch nur ein Jota vom gängigen medialen Bild des Fußballhelden abweicht, wird schnell öffentlich zur »Schwuchtel«, zur »Pussy«, zum »Affen«. Keine gute Grundlage für ein Outing. Entsprechend gering ist deren Anzahl, und das in einem Sport, der, seit Jahrhunderten ausgeübt, Menschen doch mehr verbinden als trennen soll – über alle Grenzen hinaus. Umso wichtiger ist es, dass alle zusammenstehen, wenn vielleicht in näherer oder fernerer Zukunft wieder ein Schweigen mutig gebrochen wird.

Wir als Verlag wollen das auf allen uns gangbaren Wegen unterstützen. Im Anhang dieses Buches haben wir deshalb schon einmal ein paar Vorstellungen ermöglicht. Wir würden uns freuen, wenn Ihr dort mal vorbeischaut. Darüber hinaus gibt es Vereine, in denen man offen ist und eine Beratungsstelle bei LSVD und DFB, an die sich jeder wenden kann.

Dem Autor selbst liegt die Sportart Futsal sehr am Herzen. Futsal ist die von der FIFA anerkannte Variante des Hallenfußballs, mit deutscher

Bundesliga (der aktuelle deutsche Meister ist der TSV Weilimdorf) und einer Menge Vereine, in denen das Klima nicht einmal halb so rau ist wie in den Fußball-Ligen. Vielleicht für den/die ein:en oder andere:n eine Alternative.

Abpfiff fürs Vorwort – viel Spaß mit dem zweiten Band der Geschichte von Daniel und Tex!

Frankfurt/Main im Januar 2022
Wolfram Alster
Verlagsleiter

Kapitel 1

»Herzlichen Glückwunsch zur Verlängerung, Mister Midfield-Star!« Tex nahm mich in den Arm und küsste mich. »Noch fünf Jahre habe ich dich an der Backe!«

Ich pikste ihm in die Seite. »Hallo!? Wenn sie dich nicht vorher rausschmeißen. Vielleicht verlängern sie deinen Vertrag in zwei Jahren ja nicht. Du bist immerhin älter!«

»Ich werde 26 und du bist 20. Ich glaube kaum, dass da ein gravierendes Problem vorliegt. Solange ich Leistung bringe, werden sie mich schon nicht verscherbeln!«

»Darüber brauchen wir ja Gott sei Dank jetzt auch nicht nachdenken.«

Tex küsste mich und verschloss mir damit den Mund. Ich wollte ihm aber auch nicht widersprechen, denn ich war einfach nur glücklich.

Zwei Jahre funktionierte unsere Beziehung nun schon. Nach anfänglichen Startschwierigkeiten und seiner Angst, entdeckt zu werden, hatte er kurzzeitig mit mir Schluss gemacht. Natürlich war ich am Boden zerstört, aber er hatte sich dann ja wieder gefangen und sich sogar vor der Mannschaft geoutet.

Mit Nikolas, dem Unruhestifter unserer Mannschaft, hatte ich meinen Frieden geschlossen, nachdem er in meinem Auto zusammengebrochen war und von seiner Vergangenheit erzählt hatte. Dass in seiner Jugend ein Schwuler sich genommen hatte, was er wollte und ihm versprochen hatte, bei seiner Karriere behilflich zu sein, war für ihn der Grund gewesen, warum er all seinen Hass auf Tex und mich projiziert hatte. Er konnte sich nicht vorstellen, dass ein Schwuler ein »Nein« akzeptieren würde.

Aber wir hatten unsere Differenzen begraben und so waren wir als Freunde in jenem Jahr Meister geworden. Es war zwar knapp, aber wir hatten es geschafft. Mein erstes Jahr als Profi – und gleich so erfolgreich.

Die Medien hatten mich als Supertalent gefeiert und auch der Verein band mich mit einem Zwei-Jahres-Vertrag.

Die Meisterschaft konnten wir in den vergangenen zwei Jahren nicht verteidigen oder wieder erlangen. Der große Rivale aus dem Süden hatte es uns schwer gemacht. Aber immerhin wurden wir einmal Vize-Meister und einmal Dritter.

Der Anruf des Bundestrainers verlief leider im Sande. Zwar durfte ich das ein oder andere Mal mit ins Training, doch zu den entscheidenden Spielen oder Turnieren hatte er mich bis jetzt nicht nominiert. Aber mit 20 standen mir ja auch noch alle Möglichkeiten offen.

Tex hingegen hatte keine Chance auf die Nationalmannschaft, weil dort ein Überangebot an Torhütern bestand. Da gab es die unangefochtene Nummer 1, dann den in Spanien tätigen Kollegen. Und als Nummer 3 wollte er sich nicht verheizen lassen.

Unsere Mannschaft war inzwischen den Umgang mit einem schwulen Paar in ihren Reihen gewohnt.

Natürlich gab es hier und da noch kleine Witzchen und Spitzen, aber wir konnten damit leben und wir wussten, wie es gemeint war.

Bei meinen Eltern war ich ausgezogen. Zum einen war ich ohnehin sehr oft bei Tex, zum anderen waren es doch jedes Mal gute 20 Minuten Fahrt zum Training. Ich hatte einen kleinen Bungalow in Tex Nähe bezogen. Zusammenziehen wollten wir nicht. Es wäre für die Öffentlichkeit zu auffällig gewesen. Aber das kleine Häuschen stand relativ abseits in einer ruhigen Straße. Mit meinen Nachbarn hatte ich einen Glücksgriff getan. Die Nachbarn auf der linken Seite waren ein älteres Ehepaar.

Auf der anderen Seite wohnte eine Familie mit zwei Kindern. Dem Vater schien Fußball entweder völlig egal zu sein oder aber er war anfangs ein guter Schauspieler. Er sprach mich nicht darauf an, wer ich war.

Bei meinem Einzug war jener Vater der Familie sehr hilfsbereit. Er kam ungefragt zum Kistentragen.

»Ich bin der Rainer, wir wohnen nebenan. Willkommen in unserer Straße.«

»Freut mich, Rainer! Ich bin Daniel.«

»Möbel hast du keine? Ich brauche Bewegung«, bot er sofort an.

»Die werden alle frisch geliefert. Ich bin gerade bei meinen Eltern ausgezogen. Alles ist also neu. Aber danke für das Angebot!«

»Bist du zum Studium hergezogen?«

»Das nicht ganz. Eher wegen des Jobs.«

»So alt schaust du noch gar nicht aus.«

Auch Tex erkannte er nicht, der ebenfalls gekommen war, um meine wenigen Kartons zu tragen.

»Würdest du uns ein paar Bier von der Tankstelle holen? Ich glaube, das macht man so, wenn Nachbarn helfen, oder?«

Tex nickte und machte sich auf den Weg.

Keine 20 Minuten später war er mit einem ganzen Kasten Bier zurück.

»Rainer, magst du ein Bier trinken? Tex war so freundlich …«, bot ich ihm an.

»Sehr gern«, sprach seine sonore Stimme. »Ich sage nur schnell meiner Frau Bescheid.«

»Bring sie gerne mit. Aber ich habe nur Bier.«

Als er zur Tür hinaus war, gab Tex mir einen Kuss. »Glückwunsch zur ersten Wohnung.«

Ich ging zur Kommode, die bereits im Flur stand. »Bevor ich es vergesse …« Ich zog den Schlüssel aus der Schublade und reichte ihm diesen. »… hier! Damit du … na ja … du weißt schon …«

»… ich dich reinlassen kann, wenn du …«

»Das auch … aber damit du weißt, dass du hier immer willkommen bist!«

Hinter dem Haus waren ein kleiner Garten und sogar ein Pool. Zwar höchstens fünf mal fünf Meter, allerdings war das besser als nichts. Ich hatte das Haus von einer Lehrerin meiner Schule gekauft, die in den Ruhestand gegangen war und in ihre Heimat zurückwollte. Sie hatte sich den Pool in den Garten gebaut.

Die Wohnung von Tex war nur wenige Minuten entfernt. Mein neues Haus lag auf dem Weg von Tex zum Gelände. Also würde es wahrscheinlich so sein, dass er mich öfter abholen würde, wenn er nicht ohnehin bei mir schlief. Oder ich bei ihm.

Kurze Zeit später stand Rainer mit seiner Frau und seinem Sohn in der Tür.

»Daniel? Ich bin zurück!«

»Komm nur rein«, rief ich aus dem Wohnzimmer zurück. Die Haustür hatte ich offengelassen.

»Daniel, das ist meine Frau Becky und mein Sohn Thomas.«

Ich drehte mich um und war ein wenig überrascht, dass er gleich seine komplette Sippe anschleppte. Aber ich wusste aus zahlreichen Interviews und Kontakten zu den Fans, wie man Überraschung sehr schnell professionell überspielte.

»Frau Dachser, schön Sie kennenzulernen«.

»Becky bitte. Rebecca.«

Die Begrüßung war wider Erwarten sehr herzlich. Der kleine Sohn stand etwas scheu neben seiner Mutter. Er war vermutlich gerade in die Schule gekommen. Ich reichte ihm die Hand.

»Hi, ich bin Daniel.«

Eine Antwort bekam ich zwar nicht, aber er schüttelte meine Hand.

»Daniel hat einen Pool«, sagte er zu seiner Mutter, die ergeben nickte.

»Das wissen wir doch. Frau Klöpffer hatte doch auch einen Pool.«

»Ich weiß. Ob Daniel mich mal in den Pool lässt?«

»Da wirst du ihn schon selbst fragen müssen, Thomas.«

Becky schaute mich verlegen lächelnd an.

»Wenn ich mal zu Hause bin und das Wetter passt, warum nicht?«

»Aber nur, wenn er dich nicht nervt.«

»Tut er nicht.« Ich grinste in die Runde, wobei ich nicht wusste, ob er mich nerven würde.

»Du bist oft unterwegs?«, stellte Rainer die entscheidende Frage, die alles ins Rollen bringen würde.

»Ja, ich …« Meine Hand fuhr durch meine Haare. »Jedes zweite Wochenende seid ihr mich schon mal los.«

»Da geht's dann zur Freundin?« Becky war neugierig.

Inzwischen hatte Tex allen ein Bier angeboten. Für den Sohn hatten wir nur Wasser aus der Leitung, denn ich wollte ja hier noch nicht schlafen. Die Möbel würden erst in den nächsten Tagen geliefert werden und dann waren Tex und ich erst einmal im Urlaub, bevor die neue Saison beginnen würde.

»Nein. Arbeit«, sagte ich verlegen.

»Ich bin bei der Polizei und was arbeitest du?« Rainers Kriminalinstinkt ließ nicht locker.

»Ich bin …«, dabei schaute ich zu Tex, der leicht mit dem Kopf nickte. Sie würden es ohnehin herausfinden. »… im sportlichen Bereich tätig.«

»Fitnessstudio?«, fragte Becky auch gleich nach.

Doch der kleine Thomas war es, der dann die Wahrheit aussprach. Immerhin hatte er mich wohl erkannt.

»Mama, das ist doch Daniel, der Fußballer!« Dabei stand er immer noch schüchtern neben seiner Mutter.

Jetzt bekam sie große Augen und ihr Mann ebenso.

»Da werden sich die Kinder aus Nummer 14 freuen. Die sind absolute Fußball-Fans«, stellte Rainer klar.

»Oh Gott«, ich rollte gespielt mit den Augen und Tex musste lachen. Nun hatte der kleine Thomas wohl auch ihn erkannt.

»Tex«, hauchte er.

Felix kam brav zu dem Kleinen, ging in die Hocke und reichte ihm die Hand, die er zaghaft ergriff.

»Na das sind ja mal Neuigkeiten. Ich hab nicht viel für Fußball übrig. Aber Thomas scheint in der Schule ein bisschen was über die Spieler aufgeschnappt zu haben.«

»Ist ja kein Problem«, sagte ich ergeben.

»Spielst du mit mir mal?«, fragte er nun mutiger.

»Klar. Wir können gerne mal im Garten kicken oder so.«

Jetzt grinste er über das ganze Gesicht.

Als die beiden ausgetrunken hatten, bedankten sie sich für das Bier und ich mich für die Hilfe. Dann waren sie zur Tür hinaus. Auch Tex und ich machten uns dann auf den Weg zu ihm.

»Wann fahren wir in den Urlaub?«, fragte ich ihn sehnsüchtig, als wir seine Wohnung betraten.

»Wenn deine Möbel da sind.«

Wir hatten unsere übliche Finca auf Mallorca gebucht.

Mein bester Freund Mario von Altenberg hatte sich ebenfalls die Zeit freihalten können. Alex, Leutrim und Marius waren auch wieder mit dabei. Alle drei Spieler vom FC Neuenstein und Mario waren inzwischen gute Freunde geworden. Wir hatten es inzwischen zu einer Tradition gemacht, dass wir im Sommer und im Winter wenigstens eine Woche Männer-Urlaub machten. Danach waren die Jungs noch mit ihren Freundinnen oder Ehefrauen unterwegs. Dass diese trotz der knappen Zeit kein

Problem damit hatten, dass wir Männer gemeinsam wegfuhren, machte sie mir sympathisch. Dabei haben wollte ich die Partnerinnen aber nicht. Es war ein Urlaub der Freunde, die auch Kollegen waren. Mario war inzwischen voll akzeptiert und benahm sich in Gegenwart der Sportler auch völlig normal. Anfangs hatte er noch seine Höhenflüge gehabt. Aber das war ja klar, wenn der beste Freund plötzlich beim FC Neuenstein spielt und er dann nach und nach die anderen Spieler kennenlernte.

Mario und ich hatten gemeinsam unser Abitur gemacht. Im Gegensatz zu mir hatte er sein Studium begonnen. Betriebswirtschaft. Eine Freundin hatte er nicht, dafür aber laufend wechselnde weibliche Bettgenossinnen.

Vom FC Neuenstein waren wir seit Kindesbeinen an Fan. Umso überraschter und glücklicher war ich, dass ich von denen entdeckt wurde. Mit meinen Freunden aus meinem und Marios ehemaligen Verein Lensing hatte ich noch immer lockeren Kontakt.

Neuenstein hatte sich im Laufe der letzten zwei Jahre verändert. Klar.

Nikolas, mein früherer Feind, war noch da. Und ich war sehr froh, dass auch Marius, Leutrim und Alex noch da waren.

Einige hatten ihr Glück in anderen Vereinen gesucht, andere hatten ihre Karriere an den Nagel gehängt.

Marc, unser dritter Torhüter, war ebenso gegangen, wie Dominik, Roman, Leon und Efstatios.

Dafür waren neue Talente gekommen.

Marco Bossert und Christian Beck, die neuen Verteidiger, und Deniz Dagdelen und William Dalefort unterstützten das Mittelfeld. Die Position des dritten Torhüters war noch vakant.

William war auch meine ärgste Konkurrenz im Mittelfeld, weil er bevorzugt die »8er« Position spielte, so wie ich.

Allerdings war er schon älter als ich. Zwar dachte ich anfangs, dass man ihn holte, um mich kaltzustellen, doch war es eher so, dass er mein Ersatzmann wurde. So richtig konnte er sich nicht in den Spielfluss einfügen. Und seine Kaufoption auf 100 Millionen am Ende der Saison wurde nicht gezogen. Stattdessen wurde er ein weiteres Jahr geliehen.

Natürlich war er frustriert. Und er litt darunter, dass er nicht seinem ehemaligen Marktwert von 170 Millionen entsprechend gehandelt wurde.

Während sein Marktwert sank, stieg meiner in die Höhe und damit auch mein Gehalt.

Daher konnte ich mir auch mein erstes eigenes Haus ganz gut leisten, weil ich sonst für wenige Dinge viel Geld ausgab.

Da waren zwei Mal im Jahr die Urlaube, dann spendierte ich meinem alten Verein Lensing zwei Mal im Jahr neue Trikot-Sätze und davon abgesehen war es wenig, wofür ich wirklich viel Geld zahlte. Klamotten hatte ich mehr als genug, schon allein durch die Sponsoren und den Verein.

Dafür ließ ich es mir nicht nehmen, Mario zwei Mal im Jahr zum Urlaub einzuladen.

Es hatte sich ergeben, dass er meistens nichts für Unterkunft und Anreise zahlen sollte, dafür gab er Geld in die Lebensmittelbeschaffung. Darauf bestand er und ich konnte damit leben.

So hatte ich also noch die Lieferung der meisten Möbel abzuwarten, die ich zusammen mit Tex und auch teilweise mit meinen Eltern ausgesucht und bestellt hatte.

Die Gartenmöbel waren passenderweise als Erstes gekommen, doch nützten sie mir wenig, wenn nicht auch ein Bett im Schlafzimmer stand. Also musste ich noch die letzten paar Tage überbrücken.

Zwei Wochen später trieb ich auf meiner Luftmatratze im Pool unserer Finca auf Mallorca hin und her, als Mario neben mir ins Wasser sprang.

»Gott im Himmel, willst du mich umbringen?« Ich hatte ihn tatsächlich nicht kommen hören und meine Augen waren geschlossen.

»Ach, so schnell stirbt es sich nicht!«

»Bist du Medizinstudent oder BWLer? Ich könnte hier einen plötzlichen Herztod sterben.«

»Blödsinn!«

Nach einer kurzen Pause fuhr er fort: »Geil übrigens, dass du jetzt auch zu Hause einen Pool hast. Da sind die Pool-Partys ja vorprogrammiert.« Er grinste mich an.

»Ja … schon recht!«, maulte ich. »Dafür bin ich dann wieder gut genug.«

»Hallo? Wer ist denn der Profi-Fußballer und hat nie Zeit für seinen besten Freund?«

Er pikste mir in die Seite. Und er wusste, dass er mich damit packen konnte.

»Ich weiß«, seufzte ich. »Tut mir leid. Ich gelobe Besserung!«

»Dann fang mal damit an! Ich …« Er stockte kurz. »Du hast schon ewig nicht mehr … egal … ich hab 'ne Freundin.«

Ich rappelte mich von meiner Luftmatratze hoch. »Was!? Wie? Wie lange schon?«

»Zwei Monate.«

»Und das sagst du mir jetzt?«

»Na ja … ich wollte abwarten, ob es etwas Ernstes ist. Und … ich glaube, … also ich würde sie dir gern vorstellen.«

»Wow! Der Frauenheld wird häuslich. Meinen Glückwunsch!«

Ich rutschte von der Matratze ins Wasser und sah ihn durchdringend an. »Das sagst du mir aber nicht erst jetzt, weil ich angeblich keine Zeit für dich gehabt hätte, oder?«

»Doch. Nein. Ich … Es ist ja schon etwas heikel, wenn ich sie dir vorstelle. Ich wollte warten, bis … Ach man, Daniel! Wenn ich sie vorstelle, was soll ich ihr sagen?«

»Dass ich dein bester Freund bin?!« Ich wusste nicht, worauf er hinaus wollte.

»Und dass du Fußballer bist und … einen Freund hast?«

Kapitel 2

»Ich muss mit Tex sprechen. Auf den läuft es dann ja zwangsläufig auch hinaus. Was mich angeht: Wenn du ihr vertraust, dann sag es ihr. Und ich bin gespannt, sie kennenzulernen.«

Da standen wir mitten im Pool auf Mallorca und umarmten uns. »Ich freue mich für dich! Glückwunsch, Bro!«

»Sie hat durchaus etwas für Fußball übrig. Und sie hat auf Instagram schon gesehen, dass ich da Fotos mit dir drin habe. Aber sie weiß noch nicht, dass wir … na ja …«

»Weiß sie denn, dass wir jetzt hier sind?«

»Nein. Sie weiß nur, dass ich mit Freunden hier bin. Würdest du … also, wenn die Saison wieder losgeht, könntest du uns Karten besorgen? Das wäre der Hammer.«

»Kriegen wir hin.«

Beim Abendessen brachte Mario das Gespräch geschickt auf seine Freundin.

»Wie heißt sie denn?«

»Jessica.« Mario blickte zu Tex und dann auf den Boden.

»Ich würde sie gern dann bald mal kennenlernen«, schob ich ein. Das war zwar an Mario gerichtet, doch die Botschaft sollte Tex erreichen. Seine Mimik war offen und interessiert. Ob allerdings die unterschwellige Botschaft bei ihm ankam, war mir nicht bewusst. Also nahm ich Dinge wieder auf, die ich bereits wusste.

»Mag sie Fußball?«

»Oh ja!«, Mario spielte Gott sei Dank mit. »Sie würde sich sicher auch freuen, wenn du uns in der nächsten Saison mal Karten besorgen könntest.«

»Kriegen wir hin!«

Doch Tex bewegte sich nicht. Weder körperlich, noch mental.

Also spielte Mario das Spiel weiter.

»Was soll ich ihr über dich«, er räusperte sich, »erzählen?«

»Von mir aus, wenn du ihr vertraust, dann ...«

Jetzt blickte Tex hektisch zwischen uns hin und her.

»Du willst ...?«

Ich legte ihm beruhigend die Hand auf den Arm.

»Wenn es dir zu riskant ist, muss er von dir – uns – ja nichts sagen. Ich ...«

»Nein. Passt schon«, sagte er gehetzt. Ich wusste, dass Felix mehr Angst vor einem Outing hatte als ich. Deshalb hatte er ja auch schon einmal Schluss gemacht. Und er ahnte, dass dies für ihn und mich eine Art Test war. Würde er meinem besten Freund vertrauen oder nicht?

»Wenn du ihr vertraust, dann ...« Er fuhr sich durch die Haare.

»Ganz ruhig«, schaltete sich nun Mario ein. »Ich muss ja nicht gleich mit der Tür ins Haus fallen. Ich kann die Informationen ja bröckchenweise vorbringen und dann sehen wir schon, wie Jessica reagiert. Ich bin der Letzte, der einem von euch beiden Steine in den Weg legen will oder eure Karriere aufs Spiel setzen will.«

Damit war das Thema erledigt und wir widmeten uns wieder unserem Abendessen. Die übrigen Kollegen hatten das Gespräch gespannt verfolgt, sich aber eines Kommentars enthalten.

Inzwischen kannten wir die Insel so gut, dass wir wussten, wie wir uns die Zeit vertreiben konnten. Einen Tag mieteten wir uns ein Boot und fuhren damit raus. Bilder von uns rundeten den Ausflug ab und waren Futter für unsere Instagram-Accounts. Spätestens jetzt war auch Jessica klar, mit wem Mario unterwegs war.

Doch auch der schönste Urlaub hatte eben irgendwann einmal ein Ende und wir mussten packen, die Finca übergeben und uns zum Flughafen begeben.

Anfang August würde der Betrieb langsam wieder beginnen. Presse- und Fototermine des neuen Kaders, dann das Trainingslager und schließlich der Auftakt der neuen Saison.

Nach dem Urlaub hatte ich noch die letzten Sachen aus dem Haus meiner Eltern geholt, die ich ins neue Haus mitnehmen wollte und die noch darauf warteten, dass die entsprechenden Möbel zum Einräumen vorhanden waren.

Dann kam der erste Tag. Auftakt. Fototermin des Kaders, erste Besprechungen.

Die Fans hatten uns nach der langen Pause schon sehnsüchtig erwartet und sich vor der Einfahrt zur Tiefgarage und vor dem Eingang zum Gebäude aufgebaut. Ich war es inzwischen gewohnt, dass die Fans meinen Namen riefen, mich um Autogramme und Selfies baten.

Und wieder einmal schickte mich der Co-Trainer nach draußen, um zwei neue Gesichter hinein zu holen.

»Draußen stehen Patrick und Christian. Daniel, würdest du die beiden bitte rein holen? Sie trainieren ab heute mal bei uns mit.«

»Alles klar, Clemens.«

Ergeben machte ich mich auf den Weg zurück vor die Tür. Noch einmal hinein ins Getümmel. Wieder einmal wurde mein Name gerufen.

Und dieses Mal rief ich zurück: »Patrick? Christian?«

Zwei Jungs kamen schüchtern auf mich zu. »Hi, ich bin Daniel. Und ihr seid Christian und Patrick?«

Sie nickten. »Dann kommt mal mit.«

An meinem Arm zog ich sie durch die Eingangstür, hinter der eine Welt lag, die sie bisher noch nicht kannten.

In der Kabine angekommen, bat ich die anderen um Aufmerksamkeit und es wurde einigermaßen ruhig.

»Jungs, das sind Christian und Patrick. Sie trainieren diese Woche mit uns. Also seid lieb zu ihnen!«

Einer nach dem anderen kam, um die beiden zu begrüßen. Es war klar, dass sie viel zu schüchtern waren, um anders zu reagieren, als mit offenem Mund und großen Augen.

»Kommt schon. Umziehen! Da sind eure Spinde!«, drängte ich die beiden. Für sie war Torwart-Kleidung bereitgelegt worden und ich ahnte, worauf das hinaus lief. Einer von beiden würde unser neuer dritter Torwart werden.

Als sie blitzschnell fertig umgezogen waren, nahm ich die beiden mit nach draußen, wo uns bereits unser Trainer erwartete.

»Morgen, Jungs! Morgen, Daniel!«

Ich trabte zu Hans-Peter und wir umarmten uns zur Begrüßung.

Es war hart für uns, wieder in das Training einzusteigen, aber es funktionierte einigermaßen.

Nach dem Aufwärmen und einer Laufeinheit rief uns Hans-Peter zusammen.

»Jungs, das sind Patrick und Christian. Die beiden trainieren diese Woche mit. Wenn alles glattgeht, wird einer von ihnen unser dritter Torwart. Patrick Schütz kommt aus der Nähe von Dachau und Christian Augustin ist ein Eigengewächs. U18 war er bisher. Vielleicht habt ihr ihn schon einmal gesehen. Wir werden jetzt also ein kleines Testspiel machen. Tex und Thorben haben ausnahmsweise mal frei und dürfen beobachten. Ihr zwei«, dabei sprach er die Neuen an, »geht in die Tore und die anderen Jungs lassen wir ein wenig spielen.«

Wir wurden in zwei Mannschaften aufgeteilt und das Spiel begann.

Soweit ich das sehen konnte, machte sich Christian ganz gut, Patrick hingegen wirkte sehr aufgeregt. In einer kurzen Unterbrechung trabte ich auf ihn zu.

»Hey! Blende alles aus. Vergiss, dass hier die erste Mannschaft spielt. Halt den Kasten einfach sauber, wie du es aus deinem Verein kennst. Du wärst nicht hier, wenn du kein Potenzial hättest.«

Aus großen Augen schaute er mich an und nickte.

»Außerdem seid ihr die ganze Woche hier. Nichts wird heute entschieden. Also beruhige dich.«

Noch ein Nicken.

Ob er wohl auch sprechen konnte? Na ja, ich wusste, wie aufgeregt und nervös er sein musste. Ich hatte mir die Bodenhaftung hoffentlich bewahrt und dachte noch oft an meine ersten Tage hier im Verein zurück.

Auch Tex kam jetzt auf uns beide zu. Er sprach ihm ähnlich Mut zu, wie ich das gerade getan hatte. Und nach unserer Ansprache schien ein Ruck durch Patrick gegangen zu sein. Er legte sich ins Zeug und gab sein Bestes.

Als ich mit Leutrim den nächsten Angriff startete, zu Leutrim passte und dieser den Ball auf Patricks Tor schoss, reagierte er blitzschnell und sprang in die richtige Richtung. Es sah zwar nicht elegant aus, aber das Ergebnis zählte. Zumindest für Patrick. Er hielt den Ball sicher. Und sowohl Leutrim als auch ich mussten ihm für diese Parade applaudieren.

Es folgten noch einzelne Übungen zu Standardsituationen. Dehnübungen rundeten das Training ab.

»Danke, Daniel. Und dir auch«, sprach uns Patrick auf dem Weg in die Duschen an. »Das war genau das, was ich gebraucht habe. Einen Tritt in den Arsch.«

»Hat ja bestens funktioniert«, lachte Tex. »Und jetzt geht's essen!«

»Wir hatten schon lange keine Pizza mehr, oder?«

Tex hielt mir die Hand zum High-Five hin und ich schlug ein.

Patrick schaute zwischen uns beiden hin und her.

»Pizza?«

»Klar. Und du kommst mit!« Tex hatte es beschlossen und so wurde es gemacht.

Das Restaurant Da'Ugo freute sich genauso, wie sein Besitzer Ugo, uns nach der Sommerpause wiederzusehen.

Patrick und Christian standen etwas unschlüssig herum, bis Tex die beiden mit sich zog und sie am Tisch platzierte.

Beim Essen fragte er sie galant aus und sorgte damit dafür, dass sie sprechen mussten. Sie lockerten etwas auf und waren nicht mehr ganz so nervös. Als es an das Bezahlen ging und die beiden ihre Geldbeutel zücken wollten, hielt Tex sie zurück.

»Geht auf mich!«

Sie ließen es ohne großen Protest über sich ergehen.

In der Einheit am Nachmittag waren sie tatsächlich konzentrierter. Doch es war auch klar, dass der Verein am Ende der Woche nur einem von ihnen eine Chance geben würde. Vielleicht durften noch beide mit ins Trainingslager. Aber spätestens danach würde eine Entscheidung getroffen werden. Und das wussten sie.

Tex wusste es auch. Und Patrick hatte es ihm offenbar angetan. Ob nur rein sportliches Interesse bestand, wusste ich nicht. Patrick sah zudem nämlich besser aus als Christian.

Er hatte ein süßes kleines Bärtchen um den Mund herum, seine Haare waren verwuschelt und er hatte ein bezauberndes Lächeln. Dazu war seine Haut ziemlich braun gebrannt, was ihm unglaublich gut stand und ihm einen gewissen Extrabonus einbrachte. Zumindest bei mir.

Und so war es auch Patrick, der am Ende des Tages von Tex noch zu einem Extratraining eingeladen wurde.

»Hast du noch Lust?«, fragte mich mein Freund. »Du könntest Patrick ein paar Buden reindonnern und ich gebe ihm Tipps.«

Eigentlich wollte ich nur noch nach Hause und in meinen Pool hüpfen. Aber was tat man nicht alles, wenn einen der supersexy Freund aus treuen Welpen-Augen anblickte.

»Also schön«, seufzte ich.

»Das ist echt lieb von dir«, mischte sich auch Patrick ein, der bisher ruhig daneben gestanden hatte.

Wir übten ein paar Standardsituationen. Tex passte mir den Ball zu und ich nahm ihn an, um ihn Patrick auf das Tor zu donnern. Die meisten Torschüsse waren drin, das war aber auch kein Wunder. Zum einen kannte er mich nicht und war nicht auf meine Spielweise eingestellt, zum anderen war er eben noch kein Profi.

Nach ein paar Versuchen lief Tex auf ihn zu. Ich stand zu weit von den beiden weg, um verstehen zu können, welche Tipps er ihm gab.

»Neuer Versuch!«, rief er mir zu, positionierte sich an der Eckfahne und passte mir den Ball zu. Ich nahm die Flanke an und schoss aufs Tor. Diesmal hatte Patrick den Ball. Noch ein paar Versuche und er wurde immer besser.

»Elfmeter«, schlug Tex dann vor. Innerlich rollte ich mit den Augen. Jetzt reichte es doch auch mal.

Ergeben legte ich den Ball auf den Elfmeter-Punkt und schoss. Er konnte sogar den ersten Schuss halten. Danach packte ich ein paar Tricks aus meinem Repertoire aus, das ich mir im Laufe der Jahre zugelegt hatte, und ließ ihn alt aussehen.

Patrick kam mit hängendem Kopf aus dem Tor, als Tex endlich den Feierabend verkündete.

Ich hatte unklare Gedanken im Kopf, die ich noch nicht richtig sortieren konnte. Warum förderte Tex ihn so? Warum sah er es offenbar als sein persönliches Ziel an, Patrick unter die Arme zu greifen?

»Halb so wild!«, sprach Tex Patrick an. »Er hat dich ganz schön alt aussehen lassen und hat ziemlich hart geschossen. Kein Wunder, dass du die Dinger nicht halten konntest. Aber daran arbeiten wir ja.« Er schlug ihm auf die Schulter.

»Duschen?«

Wie stimmten nonverbal zu. Alle anderen waren bereits weg. Aber das war auch keine Überraschung.

Patrick war schnell ausgezogen und ich glaube, Tex und ich scannten ihn beide. Als er in der Dusche verschwunden war, fragte mich Tex:

»Hättest du …«, er wirkte irgendwie nervös, »mal Lust auf einen Dreier?« Dabei lief er knallrot an.

Mir stand der Mund offen und ich blickte zwischen ihm und der Tür zu den Duschen, hinter denen Patrick verschwunden war, hin und her.

Kapitel 3

Ich hatte mir bis zu diesem Punkt wenig Gedanken darüber gemacht, wie monogam ich unsere Beziehung gestaltet haben wollte. Immerhin war es schon schwierig genug, den einen Mann unter den vielen Männern zu finden, mit dem man eine Beziehung eingehen konnte und wollte.

Ich war auch etwas überrascht, dass ausgerechnet Felix diesen Vorschlag machte. War er doch immer der Vorsichtigere von uns beiden, der mit mehr Ängsten. Warum er jetzt auf einmal auf Patrick so ansprang, war mir ehrlich gesagt wenig erklärlich.

Aber in der Kürze der Zeit entschied ich mich, mitzumachen.

Manchmal musste man den Dingen ihren Lauf lassen, um ihre wahren Gründe zu erfahren.

Also nickte ich und machte mich auf den Weg in die Dusche. Patrick stand schon unter einem Duschkopf und ich beobachtete ihn. Sexy war er ja. Aber Kondome hatten wir nicht zu Hause. Schließlich brauchten wir keine, denn wir wussten, dass wir uns vertrauen konnten.

»Bock noch mitzukommen und in meinem Pool zu chillen?«, sprach ich ihn an, während ich mich einseifte. Er blickte angestrengt nicht zu mir und drehte sich eher weg von mir. Eine Antwort stand aus.

Inzwischen war Tex ebenfalls in der Dusche erschienen.

»Ich hab unseren Nachwuchs-Torwart gerade gefragt, ob er noch Lust hat, im Pool zu chillen. Aber ich bekomme keine Antwort.« Ich grinste Felix frech an, der leicht rot anlief. Offenbar hatte er verstanden, worauf meine Einladung hinauslaufen sollte. Wahrscheinlich hatte er jetzt etwas Angst vor der eigenen Courage.

»Ihr könnt doch nicht … ich meine, was wollt ihr eure Zeit mit mir …« Er nuschelte in sich hinein. Das meiste wurde vom Geräusch des fließenden Wassers verschluckt.

Also ging ich auf ihn zu. »Ich hab dich nicht gut verstanden«, sagte ich, als ich ihm ganz nahe stand und er zur Wand blickte. »Aber wenn ich dich nicht bei mir haben wollte, würde ich dich nicht fragen oder?!«

Ich drehte ihn zu mir und blickte ihm in seine weit aufgerissenen Augen. Das Problem sah ich ebenfalls, zu dem er dann hinunterblickte. Er war bereits erregt. Eine verbale Antwort erübrigte sich also. Dass er bereits hart war, deutete ich mal nicht als Ablehnung.

»Tex und ich haben Lust auf dich!« Ich griff leicht zu und kraulte seine Eier. Erschrocken quittierte er meine Hand mit einem Stöhnen. Tex beobachtete die Szene aus sicherer Entfernung, allerdings sprach auch sein Schwanz eine eigene Sprache. Er wurde hart.

»Komm schon. Ein bisschen chillen im Pool … und ein bisschen hiervon …«

Er nickte nur, während in seinem Gesicht deutlich die Erregung zu erkennen war. Ich wichste seinen harten Schwanz. Und es dauerte nicht lange, bis er sich keuchend in den Abfluss und auf meine Hand ergoss.

Ich ging zurück zu meiner Dusche, spülte den restlichen Schaum vom Körper und sein Sperma von der Hand, dann stellte ich das Wasser ab. Tex bearbeitete sich langsam. Sein Mund war leicht geöffnet, seine Zungenspitze guckte heraus.

»Ich denke, wir sollten das zu mir nach Hause verlagern!«, sprach ich energisch.

Wir duschten zu Ende, hatten alle Probleme, unsere Ständer in den Griff zu kriegen und zumindest Tex und ich kicherten über die Absurdität der Situation. Patrick war eher verschüchtert, aber nicht weniger geil.

Wir zogen uns an und zogen Patrick mit uns.

»Hast du Bock?«, fragte ich ihn zur Sicherheit noch mal. »Äh … schon. Aber ihr …?«

»Wir sind zusammen. Schon seit meinem Beginn hier bei Neuenstein.«

Jetzt schaute er mich aus großen Augen an. »Im Ernst?«

Tex und ich nickten.

»Willst du lieber bei Tex mitfahren oder bei mir?«

Er war hin und her gerissen, entschied sich aber für Tex.

Von Zeit zu Zeit kamen wir mit zwei Autos. Wenn wir aus irgendwelchen Gründen nicht beieinander übernachtet hatten oder wenn wir den öffentlichen Schein wahren wollten.

Patrick war im Auto von Felix und ich fuhr alleine, mit meinen aufgewühlten Gedanken. War das gut? Sinnvoll für die Beziehung von Tex und mir? Würde es zu Eifersucht oder anderen Problemen kommen? Diese Fragen sickerten in mich ein, nachdem die Geilheit mitsamt dem Dampf aus der Dusche verschwunden war. Eigentlich war es eine beschissene Idee, die ich jetzt aber nicht mehr stoppen konnte.

Wir kamen bei mir zu Hause an und ich stieg eher missmutig aus dem Wagen. Die Nachbarin war gerade dabei, im Vorgarten zu werkeln, sie sah mich und sprach mich an, ob ihr Sohn nicht später noch kurz in den Pool springen dürfte.

»Ich hab noch zwei Kollegen dabei. Heute ist es ungünstig. Sorry.« Ich deutete auf den Wagen von Tex, aus dem die beiden gerade ausstiegen.

»Oh. Klar. Kein Problem. Schönen Abend euch!« Becky winkte.

Patrick folgte schüchtern seinem ersten Torwart, ich hatte inzwischen die Tür aufgeschlossen und bat beide hinein.

»Was möchtest du trinken, Patrick?«

»Äh … ein Wasser?« Sein Gesicht hatte noch immer hektische Flecken.
»Geh ruhig schon mal durch in den Garten«, sagte ich an Patrick gerichtet.

»Und du könntest mir mit Gläsern und Flaschen helfen, Tex?«

Er bog in die Küche ab und ich folgte ihm.

»Hältst du das noch immer für eine gute Idee?«, fragte ich ihn leicht überrascht.

»Du hast ihn doch gefragt.«

»Und du mich!«

»Also ich würde gern mal …«, jetzt bekam Tex rote Flecken im Gesicht, »… in der Mitte sein.« Beschämt sah er zu Boden.

»Und was wird aus ihm?« Ich wedelte mit der Hand in Richtung Wohnzimmer. »Was, wenn er Probleme damit bekommt?«

»Mit wem?«

»Mit der Situation!? Er ist 18?«

Tex blies die Luft aus. »Ja, war eine blöde Idee von mir. Aber willst du ihn jetzt wieder rauswerfen? Also ich würde …«

»Schauen wir mal.«

Wir bewaffneten uns mit Getränken und Gläsern und gingen ins Wohnzimmer. Auf dem Weg dahin sahen wir kleine Häufchen von Kleidung. Shirt. Hose. Socken. Boxershorts.

»Ich glaube, die Entscheidung ist gefallen«, seufzte ich.

Offenbar saß Patrick schon im Pool. Und zwar nackt.

Kurzerhand begann ich mich ebenfalls zu entkleiden. Tex schaute gebannt zu. Als ich nackt war, hatte er noch nicht mal angefangen, sich auszuziehen. Also tapste ich nach draußen und sprang in den Pool.

Patrick saß am Rand. Sein Blick, der auf mir haftete, war aufgeregt und erregt. Wir gingen aufeinander zu und unsere Hände erforschten unsere Körper. Er war bereits wieder hart – und ich ebenfalls. Ich hörte, wie Felix nun auch zu uns ins Wasser kam. Im Gegensatz zu mir ließ er sich langsam ins Wasser hinein gleiten. Kurze Zeit später spürte ich Hände, die mich umfingen und meinen Körper streichelten, meine Brustwarzen liebkosten. Es war schon ein unbeschreibliches Gefühl, wenn vier Hände an einem auf Wanderschaft gingen. Immer wieder wurde mein Schwanz berührt. Und ich genoss es und schloss meine Augen. Ich wusste nicht immer, wem welche Hand gehörte, aber es war geil.

Der Pool hatte Gott sei Dank eine Abdeckung, die man im Winter schließen konnte und dennoch darunter stehen konnte. Sie war von außen verspiegelt, sodass niemand aus den Nachbarhäusern hineingucken konnte.

Irgendwann wechselte ich mich mit Tex ab und ließ ihn in die Mitte. Nun erkundeten meine Hände seinen Körper und er kümmerte sich um Patrick. Beide schnauften. Und schließlich konnte man die weißen Schlieren im Wasser ausmachen. Einer von beiden oder beide waren gekommen.

»Vielleicht sollten wir ins Schlafzimmer wechseln?«, raunte Felix uns beiden zu. Wir verließen den Pool.

Gott sei Dank hatte ich in einem Regal der Terrasse Handtücher gelagert. Ich reichte beiden eins und nahm mir selbst eins. Als wir abgetrocknet waren, liefen wir hintereinander her in mein Schlafzimmer.

Dort purzelten wir alle drei auf das Bett. Ich wollte Tex seinen Wunsch erfüllen. Er machte sich auch sogleich über Patrick her, ließ dessen Schwanz in seinem Mund verschwinden. Allerdings kümmerte er sich nicht lange darum, sondern wanderte mit seiner Zunge südwärts in andere Gegenden.

Offenbar wollte er bei Patrick den aktiven Part innehaben. Gleich mal die Hackordnung klarstellen.

Ich hingegen hätte mir auch vorstellen können, von Felix genagelt zu werden, während er Patrick ran lässt. Aber auch so herum hatte ich definitiv keine Einsprüche.

»Hast du schon mal Sex gehabt?«, flüsterte Tex.

Patrick schüttelte hastig den Kopf. »Dann bist du ja gesund. Wir haben nämlich keine Gummis, fürchte ich …«

Doch Patrick überraschte uns ein weiteres Mal, denn in seiner Hand hielt er ein verpacktes Kondom und grinste.

»Hatte ich für alle Fälle in der Hose.«

Fasziniert beobachtete Patrick, wie sich Tex das Kondom überzog.

»Na los! Dann nimm mich!«, wimmerte er als Antwort.

Nachdem er Patrick noch mit Gleitgel bearbeitet hatte, drehte er ihn auf den Bauch und drang vorsichtig in ihn ein. Ich positionierte mich hinter Felix und während er Patrick noch Gelegenheit gab, sich an den ersten Schwanz zu gewöhnen, leckte ich Felix nass. Mein Vorsaft tropfte eh schon. Also konnte ich mich bald danach in Felix hineinschieben, der im siebten Himmel war. Vorne stimuliert durch Patrick und hinten befüllt durch mich.

Ich überließ es Felix, gleichzeitig in Patrick zu stoßen und sich auf mir aufzuspießen. Er kam schnell in seinen Rhythmus und noch schneller kam es ihm. Vermutlich schneller, als es ihm lieb war. Er keuchte und stöhnte und sackte über Patrick zusammen, ich hingegen kam durch die Kontraktionen von Felix ebenfalls ziemlich schnell und tief in ihm.

Schließlich drehte Felix seinen möglichen neuen Stellvertreter um und stülpte seinen Mund über dessen harten und nassen Schwanz. Es brauchte nur wenige Bewegungen seines Mundes auf Patricks Schwanz und er ergoss sich stöhnend und schnaufend in Felix Mund.

Was dieser Abend mit uns allen machen würde, hätte ich mir nicht im Entferntesten träumen lassen. Und ich wünschte mir, wir hätten Patrick nie mit nach Hause genommen.

Kapitel 4

Am Ende des Trainingslagers war klar, dass der Verein lieber auf das Eigengewächs Christian setzen wollte. Hierbei war es am leichtesten, Christian weiterhin in seiner U19 und dann folgend in der zweiten Mannschaft einzusetzen, ihn aber als dritten Torwart im Kader zu behalten.

Entsprechend enttäuscht war Patrick, als er die Nachricht erhielt. Er kam zu Tex und mir aufs Zimmer und weinte sich im wahrsten Sinne des Wortes aus. Doch wirklich helfen konnten wir ihm nicht, außer ihn zu trösten.

Dass es dabei ein letztes Mal auch körperlich zum Trost kam, war wohl nicht verwunderlich. Diesmal war Patrick in der Mitte, hielt aber nicht lange durch. Das war auch kein Wunder, wenn man bedachte, dass er beinahe noch Jungfrau war und nun die doppelte Reizung erhielt. Als er sich in mir ergoss, war ich noch nicht so weit. Auch Felix nicht, der sich kurzerhand nach Patricks Orgasmus in mich schob und mich weiter fickte, bis auch wir beide kamen.

Mit der Rückreise war auch die Zeit des Abschieds gekommen und wir versprachen, mit Patrick in Kontakt zu bleiben, tauschten Handynummer und verlinkten uns bei Instagram.

Er war unglaublich stolz, jetzt zwei so berühmte Follower zu haben, und versprach uns, uns über seine Karriere und weitere Entwicklung zu informieren.

Zu diesem Zeitpunkt war es eine willkommene Abwechslung für Tex und mich, die uns auch in unserer Beziehung zueinander stärkte.

Die Saison begann und wir konnten in den ersten Spielen schon gut Punkte machen. Wieder und wieder blendete mich das Flutlicht beim

Einlaufen ins Stadion und wie immer bescherte es mir eine Gänsehaut, unter den Gesängen und dem Applaus der Fans ins Stadion einzulaufen.

Es war am fünften Spieltag in unserem Stadion, als ich für Mario und seine Freundin Jessica je eine Karte fürs Heimspiel besorgt hatte. An diesem Abend sollte ich sie kennenlernen. Allerdings erst einmal ohne Felix.

Ich hatte die beiden zum Abendessen im Anschluss an das Spiel eingeladen. Gekocht hatte ich schon am Vorabend und so brauchte ich nur noch Nudelwasser aufsetzen. Inzwischen hatte ich mir von meiner Mutter ein paar einfache Gerichte beibringen lassen und auch Tex war ein guter Lehrer in der Küche.

Zur vereinbarten Zeit klingelte es.

Ich ließ also den Herd und die köchelnden Töpfe allein und machte mich auf den Weg, um die Tür zu öffnen.

Es war, obwohl es bereits Ende September war, noch warm genug für eine Shorts und ein Tanktop. In lockerer Kleidung fühlte ich mich zu Hause eben am wohlsten.

Ich öffnete und sah meinen besten Freund Mario und seine Begleiterin.

Mario hielt tatsächlich eine Weinflasche in Händen.

»Hey! Kommt rein, schön, dass ihr da seid!«

Mario bekam eine obligatorische Umarmung.

»Darf ich dir Jessica vorstellen? Meine Freundin. Kannst auch Jessi sagen.«

Sie strecke mir höflich die Hand entgegen, doch ich beugte mich ein wenig hinunter und gab ihr ein Küsschen auf die Wange. »Hi! Ich bin Daniel. Schön, dass er dich endlich mal vorstellt.«

»Ich freue mich auch. Und Danke für die Karte. Das war ein super Spiel heute.«

»Sehr gern. Kommt rein!« Ich machte die Tür frei und ließ die beiden hinein.

Sie zogen sich die Schuhe aus und Jessica folgte ihrem Freund ins Wohnzimmer.

»Huh … cooles Häuschen hast du hier.«

»Danke. Bin erst frisch eingezogen.«

Mario drückte mir die Weinflasche in die Hand.

»Alter, du brauchst doch nichts mitbringen …«

»Aber ich dachte, das wäre ganz gut«, mischte sich Jessica ein. »Immerhin hast du mich auch eingeladen und wir kennen uns noch gar nicht.«

»Vielen Dank!« Noch ein Bussi auf die Wange.

Nachdem ich die Getränkewünsche erfragt und die beiden am Tisch platziert hatte, bereitete ich die Getränke in der Küche vor, rührte ein wenig die Soße um und auch die Nudeln im kochenden Wasser.

Während des Essens hielten wir Small Talk und vermieden alte Geschichten und Insider, um Jessica nicht auszuschließen. Das hatte natürlich zur Folge, dass viel über Fußball erzählt wurde. Sie stellte mir neugierig ganz viele Fragen. Mario beachtete sie eigentlich kaum noch im Gespräch.

»Und du hast keine Freundin?«

»Äh … warum?«

»Weil, na das hab ich gelesen.«

»Nein. Keine Freundin. Und wo habt ihr euch kennengelernt?«

»Wir haben über Instagram … also ich fand Mario so heiß! Und da er in der gleichen Stadt wohnt, da dachte ich …«

Mario warf ihr einen verliebten Blick zu, während sie ihren von mir nicht abwandte. Irgendetwas stimmte hier ganz und gar nicht. Mein Bauch rebellierte und es war gewiss nicht die Eifersucht des besten Freundes auf die erste Freundin von Mario.

Wir hatten ohnehin schon wenig Zeit füreinander und ich wusste, dass diese durch eine Beziehung noch weiter verkürzt werden würde. Doch das war es nicht, was mir Bauschmerzen verursachte.

Irgendetwas lief hier falsch.

Da wir mit dem Essen fertig waren, räumte ich die Teller zusammen und stand auf, um alles in die Küche zu bringen.

»Daniel, darf ich dir helfen?«, fragte Jessica und erhob sich, um die Schüssel und die Servietten einzusammeln. Ich lief schon vor und stellte alles in die Spülmaschine, als ich plötzlich Hände an mir spürte.

»Du bist in echt sogar noch heißer als auf den Bildern.«

Jetzt war der Groschen gefallen. Ich fuhr aus meiner gebeugten Haltung nach oben. »Bitte?«

»Du bist heiß«, hauchte sie mir zu.

»Dankeschön. Aber ich glaube, das sollte Mario nicht unbedingt hören.«

»Ach der … muss es ja nicht wissen.«

Sie schmiegte sich an mich und ich roch ihr süßliches Parfum. Mir wurde übel.

»Sorry, Jessica«, ich hielt ihre Arme weg von meinem Körper, »aber ich glaube, das läuft hier in eine falsche Richtung!«

»Oh, das finde ich nicht. Ich …«

»Du bist Marios Freundin. Und ich bin nicht interessiert.«

Sie biss sich gespielt erotisch auf die Lippen, ließ aber von mir ab und lief ins Wohnzimmer zurück.

Als ich ebenfalls zurückkam, saß sie beinahe auf Marios Schoß. »Ach, ich habe Daniel nur gesagt, was für ein herrliches Haus er hat.« Dabei fuhr sie sich durch ihre langen blonden Haare.

Ich hatte keine Lust mehr auf den weiteren Verlauf des Abends oder auf eine Verlängerung. Ich konnte die beiden aber auch schlecht raus werfen oder Mario die Wahrheit sagen. Sollte ich das in ihrer Gegenwart tun? Er würde mir wahrscheinlich nicht glauben, wenn er alles durch eine rosarote Brille sah.

»Wann hast du denn in der kommenden Woche Zeit?«, holte sie mich aus meinen Gedanken. Irritiert schaute ich zu den beiden.

»Mario und ich wollen mal in den Südpark. Da könnten wir ein Picknick machen und du könntest mitkommen.«

Ich musste angestrengt überlegen, wie ich aus der Nummer heraus kam.

»Nächste Woche ist es schlecht. Wir haben viele Termine.«

»Ach schade. Kommt, Jungs! Lasst uns Fotos machen!« Gehorsam positionierten wir uns zu dritt und Jessica machte Bilder. Ich war mir sicher, wo ich diese später wiedersehen würde, und ich sollte Recht behalten.

Und ich ahnte, dass ich einen weiteren Fehler begangen hatte. Ich hatte die beiden nicht nur zu mir eingeladen, ich hatte damit Jessica auch meine Anschrift mitgeteilt. Etwas, das ich spätestens am übernächsten Nachmittag bereuen sollte, als ich vom Training nach Hause kam.

Tex hatte noch Sponsorentermine und somit war ich allein unterwegs, fuhr mein Auto in die Garage und staunte nicht schlecht, als sich Jessica auf der kleinen Treppe vor der Haustür rekelte. So konnte und musste man das nennen.

»Ich war gerade in der Gegend«, blinzelte sie, als ich aus der Garage kam und auf die Tür zu ging.

»Und da dachtest du, du kommst mal eben den besten Freund deines Freundes besuchen.«

»Ganz genau.« Sie erhob sich von der Treppe.

»Sorry, Jessica! Ich hab heute leider keine Zeit. Ich werfe nur meine Tasche rein und dann muss ich wieder los.«

»Aber du hast doch dein Auto in die Garage gefahren.«

Verdammt! Blöd war sie nicht.

»Ich nehme das Fahrrad. Bin noch bei einem Kollegen zum Zocken eingeladen. Der wohnt nicht weit.«

»Ah so …« Sie kringelte ihre blonden Haare um den Finger.

In dem Moment fuhr der Wagen von Tex vor. Nicht auch noch das. Er war mir ja immer willkommen, aber in diesem Fall war es wahrscheinlich etwas ungünstig. Zum einen würde er mir meine Ausrede kaputtmachen, zum anderen konnte ich jetzt nicht mehr verhindern, dass sie sich einlud.

»Hey, Dani! Mein Sponsorentermin …« Er stockte mitten im Satz, nachdem er aus dem Auto gestiegen war, als er die ihn unbekannte Frau sah. Bisher hatte ich noch keine Zeit gefunden, mit ihm über den Abend zu sprechen.

Sie blinzelte erneut. Diesmal in Tex Richtung.

»Oh! Noch ein Spieler. Hi, Felix! Oder darf ich Tex sagen?«

»Tex passt schon. Und du bist?«

»Darf ich dir Marios Freundin Jessica vorstellen?«, mischte ich mich ein. »Sie war zufällig in der Gegend.«

»Ah. Du bist Marios Freundin. Freut mich, dich kennenzulernen.«

Da er noch nichts von all dem wusste, was passiert war, war er entsprechend freundlich.

»Kommst du mit rein? Dann können wir noch etwas in Daniels Garten trinken. Ich wollte eh noch mit Daniel …«

Ich schnitt hinter ihm eine Grimasse und er verstummte.

»Eigentlich wollten wir bei Felix zocken, aber wenn du schon hier aufgetaucht bist …« Ich zwinkerte ihm zu und hoffte, er würde mitspielen.

»Ja, zocken. Aber mein Termin war schneller vorbei und da dachte ich …«

»… du kommst zu mir, damit ich nicht mehr fahren muss. Fein.«

Als ich die Haustür aufschloss, enterten sechs Beine an drei Menschen mein Haus. Zwei Beine davon waren weniger willkommen.

»Soll ich Mario noch anrufen, dann kann er auch noch vorbeikommen?« Einer meiner besten Einfälle in dieser Situation.

»Der hat noch Fußball-Training, das kannst du vergessen.«

Shit. Sie hatte Recht. Die Freizeitmannschaften trainierten eben eher abends.

»Was möchtet ihr trinken?«

»Prosecco?«, kam es, wie aus der Pistole geschossen, von Jessica.

»Wasser«, sagte Tex trocken.

Jessica stolzierte schon ins Wohnzimmer und ich hielt Tex am Arm fest und bedeutete ihm, mir in die Küche zu folgen.

»Sie hat sich an mich rangemacht«, zischte ich ihm zu.

»Heute?«

»Schon als Mario mit ihr hier war. Sie benutzt ihn nur, um an mich heranzukommen!«

Er überlegte kurz.

»Lass das mal den Tex machen. Bring ihr ordentlich Prosecco. Wir kriegen das hin.«

»Aber wie ...?«

»Scccccchhhhh! Lass mich nur machen.«

Ich hatte von den meisten Getränken irgendetwas auf Vorrat, was man hier und da geschenkt bekam, ließ den Korken knallen, nahm entsprechende Gläser aus dem Schrank und wir folgten ihr ins Wohnzimmer. Dort rekelte sie sich bereits auf der Couch.

»Jungs, der Pool lädt doch ein, dass wir noch einmal reinspringen, oder was meint ihr?«

»Ich hab keine Badehose dabei«, sagte Tex.

»Was ist eigentlich mit Mario?«, fragte Tex gerade heraus. »Hast du ihn nur angeschrieben, um mit mir, mit uns in Kontakt zu treten?«

»Mario?! Wer ist das?«

»Dein Freund«, beharrte er.

»Ähm ... ja. Aber der ist ja gerade nicht da oder?«

»Hast du echt zwei Monate Beziehung investiert, um an uns heranzukommen?«, fragte Tex weiter nach.

Sie ging auf die Frage nicht ein, sondern spielte mit ihren Haaren und leckte sich die Lippen.

»Ich wollte nur nett sein und Marios besten Freund besuchen.«

»Und du hast mich bei eurem Besuch schon in der Küche angebaggert«, setzte ich nach.

»Ach nein. So würde ich das nicht bezeichnen.«

»Wie dann?«, fragten Tex und ich unisono.

»Kennenlernen. Ja. Ich wollte den besten Freund meines Freundes kennenlernen.«

»Pfffff.« Ich schnaufte aus.

»Daniel, wir haben jetzt genug auf dem Handy. Ruf doch mal Mario an. Und du«, Felix wedelte mit dem Telefon, das er aus der Tasche gezogen hatte, und wandte sich dann an Jessica, »darfst jetzt gehen. Da ist die Tür.«

Sein Arm deutete den Weg zum Ausgang an.

»Ich glaube, ich bin hier im Haus von Daniel …«

»… der dich ebenfalls rauswirft«, schob ich nach.

»Das werdet ihr noch bereuen«, sagte sie eisig, erhob sich aber und stolzierte aus dem Wohnzimmer.

Als die Tür hinter ihr zugefallen war, atmete ich tief durch und ließ mich in Felix Arme fallen.

»Das war ja mal ein Auftritt.«

»Das kann man wohl sagen.«

Ich schrieb Mario eine Nachricht mit der Bitte, nach dem Training vorbeizukommen. Ich ging davon aus, dass sie es nicht einmal fertig bringen würde, mit ihm Schluss zu machen. Mario tat mir leid.

Die Häkchen hinter der Nachricht wurden irgendwann grün. Und er schrieb nur zurück, dass er auf dem Weg sei und was es denn so Wichtiges gebe.

Ich antwortete nur vage und überlegte fieberhaft, wie ich ihm am besten die Wahrheit sagen sollte.

Tex hatte zur »Feier des Tages« ein Bier für uns aufgemacht, damit wir den Besuch mit Alkohol runterschütten konnten.

Und als wäre es nicht schon genug gewesen, klingelten meine Nachbarn und wollten mich auf ein Steak zum Grillen einladen.

Dankend musste ich ablehnen und erklärte, dass gleich ein Freund zu Besuch kommen würde.

Kurz danach klingelte es erneut. Diesmal war es Mario, den ich an der Tür empfing.

»Hey! Grüße von den Jungs aus Lensing soll ich ausrichten. Deine Nachricht kam pünktlich zum Ende des Trainings.«

Ich bat ihn herein und bot ihm etwas zum Trinken an, was er dankbar annahm.

»Was ist denn nun so wichtig, dass ich unbedingt kommen sollte?«

Als wir die Geschichte beendet hatten und Tex seine Aufnahmen vom Handy vorgespielt hatte, stand Mario nachdenklich auf, ging zur Terrassentür und schaute hinaus.

»Wie konnte ich mich so blenden lassen?« Er starrte die Scheibe an.

Pünktlich zu Marios Ausbruch in Tränen zog ein Gewitter über das Haus. Zur Terrasse hin war alles friedlich. Aber auf der anderen Seite offenbar nicht. Die ersten Blitze zuckten durch den Abendhimmel und der Donner ließ nicht lange auf sich warten. Und ich war da. Bei ihm. Meinem besten Freund.

Wie froh war ich, dass ich ihm jetzt Halt, Sicherheit, Trost und Freundschaft bieten konnte.

Er ließ sich in meine Arme fallen und weinte bitterlich. Draußen begann es zu regnen.

Mir war klar, dass er sie wirklich geliebt hatte – oder zumindest verliebt war. Dass sie ihn nur benutzt hatte, machte die Sache verständlicherweise nicht leichter, sondern schwerer, als wenn sie ihn nur einfach so verlassen hätte.

»Hat sie dir wenigstens etwas geschrieben?«, fragte Tex unseren Liebeskummer geplagten Freund, der sich angesichts der Frage von mir löste und auf sein Handy blickte.

Er schüttelte den Kopf. Wortlos.

Diesmal war es Tex, der auf ihn zuging und ihn in den Arm nahm. Ein erneuter Weinkrampf ließ ihn in Felix Armen zucken.

Der Donner über uns grollte, als würde der Himmel seinen Kommentar zu der Sache abgeben wollen.

»Bleib heute Nacht hier! Wir machen uns einen schönen Abend. Spielen etwas, schauen DVD, gehen schwimmen …«

»… besaufen uns …«, steuerte Mario bei.

»Ich mache dir das Gästebett fertig.«

Ich ließ die beiden im Wohnzimmer zurück und bezog im Gästezimmer das Bett. Auf dem Rückweg nahm ich Bier aus der Küche mit und reichte die Flasche an Mario weiter, der sie dankbar annahm.

Später an diesem Abend kam der Plan zur Sprache, dass doch Mario und ich mal wieder durch die Clubs ziehen müssten. Dort würde er schon eine Freundin finden, so sagte er. Und sein ultimativer Test wäre ich. Wenn sie mich nicht kannte oder erkannte, dann war sie in Ordnung. Wir besiegelten den Plan mit einem weiteren Bier. Auch ich hatte an diesem Abend mehr, als gut für mich war. Und irgendwann rief uns die Vernunft ins Gewissen, dass wir endlich unsere Betten aufsuchen sollten. Mario kam noch einmal zu mir und umarmte mich. »Danke, dass du …!«

»Dafür sind beste Freunde da!«

Traurig tapste er ins Gästezimmer und ich war mir sicher, dass er noch lange nicht schlafen würde.

Tex und ich kuschelten uns im Bett aneinander und schliefen recht schnell ein.

Am Morgen danach wachte Mario mit einem ziemlichen Brummschädel auf. Aber wir bekamen ihn zügig fit und ich fuhr ihn sogar zur Uni.

»Danke für den gestrigen Abend.«

Wir umarmten uns zum Abschied.

»Melde dich, wenn du mich brauchst, ok?!«

»Klaro!«

Mein Tor am 6. Spieltag war so »kreativ«, wie es die Presse nannte, dass ich für das »Tor des Monats« nicht nur vorgeschlagen wurde, sondern diese Ehrung auch erhielt.

Jessica war von der Bildfläche verschwunden und das war auch gut so.

Am nächsten Morgen bat uns der Präsident zu einer Besprechung in den Konferenzraum.

»Guten Morgen!«, grüßte er in die Runde. »Sorry, wenn ich eure Regeneration ein wenig nach hinten verschiebe. Aber wir hatten ein paar interne Besprechungen in den letzten Wochen. Die Überlegungen dazu möchte ich euch gerne heute mitteilen.«

Es war ungewöhnlich, dass der Präsident an einem Tag nach dem Spiel zu uns sprach. Aber da es ein Montag nach einem Sonntagsspiel war, war es auch wiederum in Ordnung.

»Wie ihr alle wisst, haben wir seit ein paar Jahren Daniel und Felix als schwule Fußballer unter uns. Ich finde es sehr bewundernswert, wie bisher im Verein damit umgegangen worden ist. Uns in der Vereinsführung ist aber bewusst, dass das nicht immer so bleiben muss oder wird.«

Er blickte in die Runde und sein Blick blieb an uns hängen.

»Deshalb haben wir uns etwas überlegt …«

Tex wurde bleich.

Kapitel 5

»Wir brauchen einen Plan in der Schublade, falls mal etwas über Felix und Daniel an die Öffentlichkeit gelangt. Und da müssen wir vorbauen.«

Stille setzte ein, wo eben noch getuschelt wurde.

»Wir werden uns verstärkt mit Kampagnen gegen Homophobie beschäftigen und ich möchte, dass da alle an einem Strang ziehen. Wir werden mit Fanclubs in Kontakt treten, uns zu Podiumsdiskussionen vor Ort einfinden, um Verständnis werben, Eckfahnen als Regenbogenfahnen aufstellen und solche Dinge. Genauere Einzelheiten werden wir euch noch mitteilen. Ich hoffe sehr, dass wir die Meute da draußen«, er deutete mit seinem Arm in die Umgebung, »so gut vorbereiten können, dass WENN einmal etwas über Felix und Daniel nach außen dringt, wir nicht so unvorbereitet da stehen. Und ehrlich gesagt kann ich mir nicht vorstellen, dass da nichts durchsickert. Eure Nachbarn und Freunde, irgendjemand wird schon reden. Und wenn es nur unbedarft und unbedacht ist. Es muss nicht einmal böse Absicht sein. Eigentlich haben wir damit schon viel zu lange gewartet. Und letztlich möchte ich mit diesem Engagement auch dafür sorgen, dass Homosexualität im Fußball kein Tabu-Thema mehr ist. Hat einer von euch Einwände oder würde sich der Kampagne innerlich verweigern? Dann soll er es jetzt sagen. Ich möchte niemanden sehen, der hinter vorgehaltener Hand irgendwelchen Unfrieden sät. Und ich möchte niemanden sehen, der das Ganze eigentlich beschissen findet. Wir sind ein Team und wir stehen für Daniel und Felix ein. Und ich möchte, dass diese Einstellung sich in jedem von euch festsetzt. Wenn etwas über die beiden heraus kommt, dann muss klar sein, dass wir komplett als Team hinter ihnen stehen.«

Er verstummte.

Nikolas meldete sich zu Wort. Ich war überrascht und war gespannt, was er sagen würde.

»Herr Flamm, ich möchte zum Ausdruck bringen, dass ich hinter jeder Entscheidung diesbezüglich stehe, und ich möchte auch die Fanclubs besuchen. Ich glaube, ich hab immer noch etwas gut zu machen bei den beiden. Diese Schuld möchte ich einlösen. Und wenn das der Weg ist, dann soll es so sein.«

Mir standen die Tränen in den Augen. Nikolas hatte uns ganz schön zugesetzt. Aber als er seinen Irrtum eingesehen hatte, dachte ich eigentlich, dass wir die Sache begraben hatten. Offenbar schien sein schlechtes Gewissen aber noch immer an ihm zu nagen. Ich nahm mir fest vor, ihn demnächst zum Essen einzuladen und ihm zu versichern, dass von meiner Seite die Sache erledigt war.

»Das ehrt dich, Nikolas. Aber ich erwarte diese Bereitschaft von allen. Und ich hoffe, dass jeder äußert, wenn er dazu nicht bereit ist. Dann müssen wir uns etwas einfallen lassen.«

Sowohl Tex als auch mir war klar, dass jetzt niemand aufstehen und dem Präsidenten widersprechen würde. Ich persönlich fand es eine interessante Idee und ich fand es gut, dass sich Günter Flamm Gedanken um dieses Thema machte. Es lag schon viel zu lange in der Schublade.

»Wir werden demnächst eine Pressekonferenz abhalten und unser verstärktes Engagement in dieser Sache ankündigen. Natürlich werden dann auch die Fragen kommen, ob es einen Anlass dafür gibt. Selbstverständlich werden wir dazu nichts sagen. Wir wollen euch beide der Presse nicht zum Fraß vorwerfen. Bitte denkt das nicht.«

Mit diesen Sätzen sprach er uns an und schaute auch nur uns an.

»Aber ich bin der Meinung, dass wir das angehen müssen. Wir haben keine andere Wahl.«

Tex war immer noch bleich. Nervös knetete er seine Hände.

»Und wenn ich bei so einem Besuch gefragt werde, ob ich schwul bin, dann muss ich lügen.«

Es war keine richtige Frage von Tex und auch keine Aussage.

»Du darfst natürlich auch die Wahrheit sagen. Wir stehen hinter dir. Aber ich würde das nie verlangen. Im Gegenteil. Je länger es noch unter Verschluss bleibt, desto besser. Ich fürchte nur, dass das Thema irgendwann auf uns zu kommt. Und dann sollten wir gewappnet sein und unsere Fanclubs ein wenig bewegt haben, damit der Zirkus im Stadion nicht so heftig wird.« Dabei blickte er Tex mitleidig an.

»Das wird ein Hexenkessel. Aber so weit sind wir noch nicht. Und damit es kein Hexenkessel wird, machen wir das jetzt.«

Er schaute noch einmal in die Runde.

»Irgendwelche Fragen?«

Niemand sagte etwas.

»Dann: Ab zur Regeneration!«

Murmelnd erhoben sich die Leute und verließen den Raum.

»Daniel, kann ich dich kurz sprechen?«

Nikolas hielt mich an der Schulter fest und wartete, bis die meisten den Raum verlassen hatten.

»Ich … also ich würde gerne … also wegen damals … vielleicht kann ich so meine Schuld bezahlen … wenn wir zusammen …«

»Nikolas? Du hast doch nicht noch immer ein schlechtes Gewissen? Das ist vergessen. Und das hab ich dir auch schon gesagt.«

»Das mag schon sein. Aber ich hab es nie wieder gut gemacht, verstehst du? Ich habe nie etwas zurückgezahlt. Das würde ich jetzt gerne tun. Ich hab mich entwickelt. Ich bin nicht mehr so scheu wie vor ein paar Jahren. Ich traue mich inzwischen, vor Menschen zu sprechen, und ich will das nutzen für die Botschaft …«

»Nik, ich fahre gern mit dir zu einem der Fanclubs, aber nur, wenn du das nicht als Ableisten deiner Schuld ansiehst. Du bist mir nichts schuldig. Wenn, dann möchte ich, dass du mitkommst, weil du die Sache und mich unterstützen willst.«

»Das will ich!«

»Dann ist es abgemacht. Wir fahren zu einem Fanclub. Und dann mischen wir die richtig auf und werden ihnen die Homophobie austreiben.«

Ich hielt ihm die Hand zum Highfive hin und er schlug ein.

»Komm! Ab auf den Rasen zum Auslaufen!«

Als wir nach draußen kamen, waren bereits alle versammelt. Unser Chef-Trainer warf uns zwar einen bösen Blick zu, aber er ahnte wahrscheinlich, warum ausgerechnet wir zwei zu spät kamen.

Zwei Wochen später war ich mit Nikolas auf dem Weg zu einem Fanclub. Ich hatte mir den Namen des Ortes nicht gemerkt und Nikolas bestand darauf, zu fahren. Damals, als wir nach Neujahr an jenem schicksalsträchtigen Abend gemeinsam zu dem Fanclub gefahren sind, war es mein Auto, das uns beide dorthin befördert hatte.

»Heute bin ich dran mit Fahren«, sagte Nikolas mit einem Lächeln. »Du bist schon letztes Mal gefahren.«

Wir saßen in seinem Dienstwagen und fuhren eine endlose Landstraße entlang. Links und rechts waren Wälder.

»Lass mich mal anfangen. Ich möchte eine Geschichte erzählen«, holte mich Nikolas aus meinem Schweigen.

»Wenn du das gerne möchtest. Aber du weißt, du musst nicht …«

»Ich will aber …«

Wir kamen an und wurden begrüßt, wie wir es bereits von einigen Besuchen bei Fanclubs kannten. Der Vorstand oder eine Abordnung erwartete uns auf dem Parkplatz und führte uns in eine Gaststätte, die an diesem Abend als Vereinsheim umfunktioniert war.

Wir gingen durch die Reihen, schüttelten Hände, ließen Bilder machen, gaben Autogramme und arbeiteten uns so zum provisorischen Podium vor. Mikrofone waren vorbereitet worden und als wir am Podium ankamen, begrüßte uns der Präsident im Namen aller Mitglieder des Fanclubs.

»Es ist recht ungewöhnlich, dass wir so proaktiv den Besuch von zwei Spielern von Neuenstein angekündigt bekommen. Umso erfreuter sind wir, dass wir zwei unserer beliebten Fußballer heute hier begrüßen können. Herzlich willkommen Nikolas Klein und Daniel Recker.«

Applaus brandete auf.

»Guten Abend, liebe Mitglieder des Fanclubs. Wir freuen uns sehr, hier zu sein«, eröffnete Nikolas tatsächlich den Abend. Das war wirklich ungewöhnlich, weil er sonst nicht gern vor Menschen sprach.

»Ich möchte euch heute eine Geschichte erzählen. Eine Geschichte von einem Jungen, der 16 Jahre alt war. Er war schon auf dem Weg, ein erfolgreicher Fußball-Profi zu werden. Doch es gab natürlich auch Stolpersteine. Eines schönen Tages begegnete er einem älteren Mann. Ende 20. Dieser versprach ihm, bei seiner Karriere zu helfen, allerdings erwartete er dafür gewisse Gegenleistungen. Körperliche Leistungen.«

Ein Raunen ging durch das Publikum.

»Dieser Junge hat es über sich ergehen lassen. Später, als er erwachsen wurde, hatte sich dieses Szenario sehr in seinem Kopf festgesetzt. Er wusste, dass alle Schwulen gleich waren. Sie würden niemals ein »Nein« akzeptieren und sich nehmen, was immer sie wollten. Der Junge war jetzt erwachsen. Aber er war auch ein schwulenfeindliches Arschloch geworden. Bis er einen Schwulen kennenlernte, der ihm ziemlich aus der Patsche geholfen hat. Erwartet hatte das der Junge natürlich nicht. Im Gegenteil. Der Schwule trat für ihn ein. Das brachte ihn zum Umdenken.«

Er machte eine Kunstpause.

»Wir von Neuenstein sind derzeit unterwegs, um uns in einer Kampagne für Toleranz und gegen Homophobie einzusetzen. Dabei wollen wir möglichst alle Fanclubs abklappern. Uns ist nämlich durchaus bewusst, dass es irgendwann zu einem ersten Outing eines Spielers kommen wird. Wir möchten gerne zu einem Umdenken beitragen und dafür sorgen, dass, wenn es so weit ist, der oder die Spieler es leichter haben.

Den Jungen aus der Geschichte gibt es übrigens wirklich. Und ich weiß, dass es die Vorurteile gibt, wie es sie auch bei ihm gegeben hat. Und über diese Vorurteile möchten wir gerne mit euch ins Gespräch kommen. Und wir wollen abklopfen, wie die Stimmung unter euch ist. Wie seht ihr das Ganze? Dürfen sich schwule Fußballer outen? Und was haben sie zu erwarten, wenn sie das erste Mal auf dem Platz stehen? Werden die Fans das unterstützen?«

Es entstand eine lebhafte Podiumsdiskussion. Die meisten waren sich durchaus einig, dass es schwule Spieler gab und dass es für sie die Hölle sein müsste, sich nicht outen zu können. Außerdem waren alle darauf erpicht, sicherzustellen, dass hier in diesem Club niemand auch nur im Ansatz ein Problem damit haben würde.

»Haben sie denn schwule Kollegen? Kennen sie jemanden?«

Diese Fragen waren an uns beide gerichtet.

Nikolas beugte sich angriffslustig nach vorn, als wolle er aufspringen.

»Ja, ich kenne schwule Spieler. Und ich weiß, wie sehr sie unter der Situation leiden. Und genau für diese Kollegen sitze ich hier. Erlauben Sie mir trotzdem, dass ich auf die Frage nach der Vereinszugehörigkeit keine Aussagen treffen werde.«

Spontaner Applaus setzte ein.

»Wir würden uns freuen, wenn unter euch Fans eine Atmosphäre aufkommen würde, in der sich ein Spieler ein Outing zutrauen kann. Sowohl von den eigenen Spielern, wie auch von anderen. Wir möchten ebenfalls nicht, dass die Spieler anderer Mannschaften ausgepfiffen oder beschimpft werden, wenn wir gegen sie spielen. Die Zeit ist reif und beinahe ist es schon zu spät.«

Das war einer meiner wenigen Beiträge zu diesem Abend.

Die meisten Statements hatte Nikolas abgegeben. Er hatte auch die meisten Fragen beantwortet.

In den folgenden Wochen hatten wir noch viele solcher Termine. Wenigstens innerhalb der Grenzen der Erreichbarkeit versuchten wir, so viele Fanclubs wie möglich aufzusuchen. Nikolas und ich wurden zu einem festen Team. Er erzählte seine Geschichte ein ums andere Mal. Jedes Mal waren die Leute beeindruckt. Doch je weiter wir aufs Land fuhren, desto mehr Gegenwind bekamen wir für unser Anliegen.

Dass es eben schlecht sei, wenn man schwul ist und dass Schwule kein Fußball spielen könnten, waren die Argumente.

»Wenn wir von 400 Spielern in der Bundesliga ausgehen und eine Quote von 3-5% annehmen, dann kommen wir auf 12 bis 20 Spieler. Schon, wenn wir von 10% ausgehen, sind wir bei 40 Spielern. Meint ihr im Ernst, dass die alle schlecht spielen?«

»Es gibt genügend schlechte Spieler in der Liga. Das sind dann wohl die Schwuchteln!« Unter dem Gekicher einiger anderer war das der Einwand, der vorgebracht wurde.

»Außerdem steht in der Bibel, dass es nicht gottgewollt ist!«, bekräftigte der Ortspfarrer, der ebenfalls im Fanclub war.

Die Leute stimmten zu und applaudierten. Hier richteten wir wenig aus.

»Dann können wir ja jetzt auch gehen. Bei euch scheinen wir nichts zu erreichen!«, stellte Nikolas fest.

Ohne eine weitere Verabschiedung oder auf Wünsche der Fans einzugehen, stand er von seinem Stuhl auf, nahm mich am Arm und zog mich mit sich vom Podium herunter.

»Schönen Abend noch!« Er winkte verbissen in die Runde.

Der Vorsitzende des Vereins beeilte sich, uns nachzulaufen. Am Auto entschuldigte er sich zwar noch. Doch Nikolas wünschte völlig cool einen schönen Abend, stieg in den Wagen, startete ihn und fuhr mit quietschenden Reifen vom Hof, nachdem ich eingestiegen war.

Dass er einmal einer der flammendsten Verfechter werden würde, der für unsere Sache kämpfte, hätte ich mir nie träumen lassen.

Ich hoffte nur, dass er es aus Überzeugung tat und nicht, weil er der Ansicht war, er müsste mir etwas zurückzahlen.

»Ich …«, begann ich zögerlich, »Danke!«

»Kein Ding! Die haben ja wohl völlig einen an der Waffel!«

»Kann man so sagen. Nikolas, du … also wie soll ich es sagen … du weißt, dass da nichts mehr zwischen uns steht oder?«

»Ja, das weiß ich. Das hast du mir schon gesagt und ich nehme das sehr ernst, was du mir sagst.« Dabei grinste er mich an.

»Fein. Hast du Lust … also würdest du mal zum Essen kommen, zu Tex und mir?«

»Klar. Gerne!«

Es war Länderspielpause und somit hatte ich ein freies Wochenende. Zusammen mit Nikolas hatte ich den Samstagnachmittag für einen weiteren Besuch in einem Fanclub genutzt. Es lief einigermaßen ambivalent.

Am Abend hatte ich geduscht und stand nun vor meinem Kleiderschrank. Was sollte ich nur anziehen? Ich wollte in dem Club schließlich niemanden aufreißen. Aber ganz ohne sich aufzubrezeln ging es eben auch nicht. Ich entschied mich für eine graue Hose und ein eng anliegendes schwarzes Hemd. Ein paar Armbänder kamen noch zum Outfit dazu. Die Haare wurden schön gestylt. Absichtlich frisierte ich mich ein wenig anders. Vielleicht war die Wahrscheinlichkeit, erkannt zu werden, so etwas geringer.

Punkt 21:00 Uhr klingelte es an der Tür und Mario stand davor. Wir tranken noch ein Bier zum Vorglühen und dann machten wir uns mit einem Taxi auf in die Nachtwelt der Landeshauptstadt. Mario hatte ein paar Clubs herausgesucht und ich hatte ihm versprochen, mit ihm auf Mädchen-Fang zu gehen.

Mario war weiß Gott nicht auf den Mund gefallen, was das Flirten anging. Dazu brauchte er meine Hilfe nicht. Aber er wollte mich als Freund dabeihaben. Eine mögliche Freundin würde bei ihm nur eine Chance bekommen, wenn sie mich nicht kannte, das hatte er sich und mir nach der Geschichte mit Jessica geschworen.

Wir hielten also vor dem ersten Laden, den er ausgesucht hatte. »Die Bank« war ein angesagter Club. Und wir waren wohl für die Verhältnisse der Stadt recht früh dran. Jedenfalls war es noch nicht voll. Wir suchten uns einen Platz an der Bar und Mario scannte den Raum.

Hier und da erspähte er ein Mädel, das ihm gefiel. Doch meistens tauchte schon bald danach der Freund von irgendwo her auf. Entweder von der Toilette oder derjenige kam zum Eingang herein.

Wir bestellten uns einen Schnaps und tranken auf das Gelingen des Abends. Insgeheim war ich mir aber sicher, dass Mario hier und heute nicht die Traumfrau seines Lebens finden würde. Doch das sagte ich ihm nicht.

Erkannt worden war ich bisher auch noch nicht, was die Chancen auf ein ungefiltertes Kennenlernen zwar erhöhte, aber dennoch hielt ich es für unwahrscheinlich, dass er Erfolg haben würde. Vielleicht für eine Nacht, aber nicht auf Dauer.

»Ich muss mal zum Klo und dann bin ich mal kurz an der frischen Luft«, teilte ich Mario mit.

Also erleichterte ich mich auf die geplante Weise. Zunächst die Blase und dann die Lunge. Die verbrauchte Luft des Clubs blies ich aus und tauschte sie gegen die frische Nachtluft.

»Du kannst doch jetzt nicht einfach gehen!«, keifte eine Frau ihren Freund an. »Wie soll ich denn jetzt nach Hause kommen?«

»Sorry, ich hab dir gesagt, dass ich Bereitschaft habe. Und nun muss ich los. Mach es gut, Schnecki. Bis bald!«

Er gab ihr einen Kuss auf die Wange und verschwand im Dunkel der Nacht.

»Dein Freund?«, fragte ich die junge Dame. Sie rollte mit den Augen. »Ne. Mein schwuler bester Freund. Und der muss jetzt … ach egal.«

»Tut mir leid für dich!«

»Kann man nix machen. Ich wusste ja, dass er Bereitschaft hat. Aber jetzt ist auch meine Mitfahrgelegenheit dahin. Grund genug, mich zu betrinken!«

Energisch stapfte sie von dannen und betrat den Club. Drinnen sah ich sie nicht mehr wieder. Sie hatte sich offenbar ins Getümmel geworfen. Schade eigentlich. Mit einem schwulen besten Freund hatte sie schon einmal beste Voraussetzungen.

Ich fand Mario an der Bar, wo ich ihn zurückgelassen hatte. Offensichtlich hatte er schon wieder eine Runde Schnaps bestellt. Zum Unterhalten war es inzwischen eindeutig zu laut, weswegen wir unsere Konversation auf wenige notwendige Sätze reduziert hatten.

Wir beobachteten beide die Menschen, die sich tummelten. Als ich die unbekannte und von ihrem schwulen besten Freund verlassene Dame wieder erblickte, stieß ich Mario an und deutete auf sie.

»Die ist mir draußen über den Weg gelaufen. Ihr schwuler bester Freund musste zum Dienst.«

Ich sagte das gerade so laut, dass er es hören konnte.

»Die beachtet mich nicht einmal, wenn ich der einzige Mann auf der Welt wäre.« Er rollte mit den Augen.

»Die ist Spitzenklasse eins. Und ich bin höchstens eine Drei.«

»Mach dich nicht so runter, Bro!«

Ich boxte ihm gegen die Schulter.

Auf dem Weg zur Toilette musste sie unweigerlich an uns vorbei und ich boxte Mario erneut. »Los, mach was!«

»Pffff … was soll ich denn machen?«, keifte er zurück. Schon war sie an uns vorbei.

»Du bist doch sonst nicht auf den Mund gefallen, was das Flirten angeht.«

»Ja. Sonst bin ich auch alleine und werde nicht von meinem besten Freund beobachtet.«

»Aber du wolltest, dass ich …«

»Schon klar. Sorry!«

Kurze Zeit später stellte uns der Barkeeper erneut zwei Schnapsgläser hin. Wir sahen überrascht auf und beschnupperten das Zeug. Bisher hatten wir uns mit Kräuterschnaps warm getrunken. Dieses war eine hellbraune Flüssigkeit.

»Honigwhiskey«, sprach eine weibliche Stimme über meine Schulter und ich sah verdutzt in das Gesicht der Dame von draußen.

»Ich dachte, ich spendiere euch mal etwas Gutes!«

»Dankeschön!«, brachte ich sofort heraus.

»Ist ein Lieblingsgetränk von meinem … na ja von dem da …« Sie wedelte mit den Armen und zeigte in Richtung der Tür.

Dann wandte sie sich Mario zu.

»Hi, ich bin Sandra. Sanni reicht aber völlig. Da ich eh schon verlassen worden bin und ihr zwei mir sympathisch seid und nicht so ausseht, als wenn ihr gefährlich wäret …« Sie hob ihr Glas an, das sie in der Hand hielt. »Prost, Jungs!«

»Ich bin Daniel und mein schüchterner Freund hier ist Mario. Prost.«

Wir stießen an und tranken das leicht süßliche Getränk auf Ex.

»Nicht schlecht.« Mario hatte seine Stimme wieder gefunden. »Und so schüchtern bin ich gar nicht, wie er mich darstellt.«

»Das freut mich. Wenn man den Umgang mit Schwulen gewohnt ist, dann legt man vieles ab, was ladylike ist.« Sie musste herzlich lachen. »Da lernt man schon die derben Sprüche und so …« Sie schaute uns beide eindringlich an. »Aber ihr seid nicht schwul, oder? Vergeben?«

»Der da ist vergeben, ich bin hetero und single.« Mario grinste.

Das Gespräch nahm seinen Lauf und wir bestellten noch eine Runde von dem Honigwhiskey.

Irgendwann entschuldigte ich mich und machte mich nochmals auf den Weg zur Toilette, obwohl ich nicht musste. Sollten die Zwei mal allein bleiben. Ich hockte mich also auf die Schüssel und schaute auf mein Handy. Von Felix war eine Nachricht eingetroffen, dass er uns oder Mario viel Erfolg wünschte.

»Bin dann bald im Bett. Lieb dich! Tex«.

Heute würden wir wohl mal getrennt schlafen.

Als meine Abwesenheit langsam unangenehm lang wurde, erhob ich mich vom Klo, wusch mir die Hände und machte mich wieder auf den Weg ins Getümmel. An den beiden inzwischen flirtenden Menschen arbeitete ich mich vorbei, um nochmals frische Luft zu schnappen. Als auch das abgedroschen war, machte ich mich auf den Rückweg.

»… schon mal in einem Fußball-Stadion? Die Atmosphäre dort ist unbeschreiblich«, hörte ich Mario noch schwärmen.

»Mario«, sie berührte ihn leicht am Unterarm. »Aus irgendeinem Grund bin ich in einen schwulen Freundeskreis gerutscht. Von denen hat keiner etwas für Fußball übrig. Nein, ich war noch nicht in einem Stadion.«

Offenbar klopfte Mario gerade die Möglichkeiten ab.

Doch dann passierte, was passieren musste. Eine junge Frau kam auf mich zu. »Sorry, dass ich dich anspreche. Du bist Daniel Recker, oder? Bekomme ich ein Selfie bitte?«

Ich nickte ergeben und sie machte ein Foto von mir.

Sandras Blick wanderte zwischen mir, Mario und der fremden Frau hin und her.

Kapitel 6

»Mario, ich mache mich langsam auf den Heimweg, wenn du nichts dagegen hast.«

Mir war klar, dass ich zum einen mein Bett bräuchte, zum anderen wollte ich ohnehin den taktischen Rückzug antreten, sobald Mario jemanden an der Angel hatte. Ob nun für eine Nacht oder für mehr, war mir dabei egal. Ich hatte ihm vorher großzügig Geld für ein Taxi zugesteckt, sodass wir zur Not auch getrennt nach Hause fahren konnten. Er hatte zwar protestiert, aber ich habe ihm klargemacht, dass das mein Beitrag zu seiner zukünftigen Beziehung war.

»Ich muss morgen leider relativ zeitig aufstehen. Daher werde ich mich mal entschuldigen. Ich wünsche euch noch einen schönen Abend.«

Mario bekam eine kumpelhafte Umarmung und Sandra hielt ich die Hand hin.

»Und du gehst jetzt einfach so, nachdem …« Ich wusste, was sie meinte.

»Das kann er ja erklären.« Ich grinste zurück und deutete auf Mario. Dann zog ich meine Jacke über und verließ den Club.

Draußen war in Reichweite ein Taxistand, an dem ich mir ein solches schnappte und den Weg nach Hause antrat. Gedanklich wünschte ich Mario viel Glück.

Die Uhr zeigte inzwischen weit nach Mitternacht. Und als ich die heimische Haustür aufschloss, war es bereits nach 1:00 Uhr.

Ich setzte mich noch ein paar Minuten ans Fenster und betrachtete den Garten mit dem Pool. Dann wollte ich ins Bett. Als ich die Schlafzimmertür öffnete, fiel mir auf, dass ein Schatten im Bett lag, den ich dort nicht erwartet hatte. Ich musste lächeln. Offenbar wollte Tex nicht allein schlafen. Leise zog ich mich aus und schlüpfte unter die Decke. Ich nahm seinen vertrauten Geruch wahr und kuschelte mich an ihn.

Er gab ein Brummen von sich, bewegte sich kurz und dann umfing mich die Dunkelheit.

Am Morgen wurde ich wach, als sich eine Hand in meine Shorts schob. Felix war ganz nah an mich herangerückt. Ich spürte ihn in meinem Rücken, seinen Atem hatte ich im Nacken. Und seine Hand im Strafraum.

Er brauchte nicht viel, um meine Morgenlatte zu überzeugen, dass jetzt der richtige Zeitpunkt für Sex gekommen war. Meine Shorts wurde über die Hüften nach unten geschoben und ich spürte Felix harten Schwanz an meinem Hintern.

Es wurde kurzzeitig kalt, als er das Gel auf meinem Loch verteilte und sich danach recht bald und zügig in mich hinein drückte. Er umfasste meine Brust und zog mich noch mehr zu sich hin, sodass wir ganz vereint waren. Kurz verharrte er, dann begann er sich langsam in mir zu bewegen. Seine Hand griff meinen Schwanz und er selbst traf meine Prostata. Ich sah Sterne. Und es waren nicht mehr die Sterne des Nachthimmels, sondern der Geilheit. Immer weiter zog er sich aus mir heraus, nur um der Länge nach wieder zuzustoßen. Er schnaufte und keuchte in meinem Rücken. Durch die Reizung meiner Prostata begann meine Spitze feucht zu werden. Darauf hatte Tex nur gewartet. Er spuckte sich in die Hand und verrieb mit dem Speichel den Vorsaft auf meiner Eichel. Unendliche Lust und Geilheit durchströmten mich. Und als ich spürte und hörte, wie sich Tex in mir ergoss, war es auch für mich zu spät. Ich sprang mit ihm über die Klippe und spritzte alles auf das Laken.

Gut, dass ich eine respektable Menge von Bettlaken gekauft hatte, als ich eingezogen war. Wohl wissend, dass wir diese Art der Wäsche öfters würden wechseln müssen.

»Guten Morgen, Dani!«, hauchte er mir ins Ohr. »Hab ich dir heute schon gesagt, dass ich dich liebe?«

»Heute noch nicht. Und gestern übrigens auch nicht. Guten Morgen, Tex!«

Ich drehte mich zu ihm, nachdem er abgedockt hatte, und gab ihm einen vorsichtigen Guten-Morgen-Kuss. So richtig wollte mir das immer erst nach dem Zähneputzen Spaß machen. »Ich liebe dich auch!«

»Hatte gestern solche Sehnsucht nach dir. Ich wollte nicht allein bei mir schlafen. Drum hab ich mich rein geschlichen«, nuschelte er ins Kissen.

»Das war eine super Idee. Sonst hätte ich niemanden, der mir Frühstück macht.«

Wortlos flog ein Kopfkissen in meine Richtung.

»Hey! Keine Misshandlungen von Mittelfeldspielern vor dem Rührei.«

»Deine Eier hab ich gerade schon gerührt.«

»Das heißt: Kein Rührei für mich?«

»Darüber können wir noch verhandeln.«

»Was machen wir heute mit dem freien Sonntag?«

Ich zuckte mit den Schultern. Es war inzwischen nicht mehr warm genug für Outdoor-Aktivitäten. Aber warum nicht irgendwo zum Essen hinfahren?

Wir schälten uns aus dem Bett und zogen uns einen Bademantel über. Auf dem Weg ins Bad schnappte ich mir mein Handy und fand eine Nachricht von Mario.

»Mission accomplished«, stand dort nur. Nebst einem erhobenen Daumen. Offenbar war er immerhin zum Schuss gekommen. Und ich musste schmunzeln.

»Mario war wohl erfolgreich.« Ich wedelte mit meinem Handy.

»Wie war es denn gestern Abend?«

»Ach, na ja … Sandra heißt sie, glaube ich. Die war ganz nett. Gekannt hat sie mich offenbar nicht, also dürfte sie es nur auf Mario abgesehen haben.«

»Na das sind doch gute Nachrichten. Wann läuten die Glocken?«

»Mach du mir lieber ein Eier-Frühstück. Du hast meine ausgeleert.« Ich grinste ihn frech an und verschwand im Bad.

Als ich geduscht und rasiert aus dem Bad kam, hatte Tex tatsächlich schon den Tisch gedeckt, Brötchen schlummerten im heißen Ofen und warteten auf ihr seliges Ende in unseren Mägen. In der Pfanne brutzelte schon Butter. Dort hinein sollten die gequirlten Eier.

»Was hältst du davon, wenn wir uns heute Nachmittag das Spiel von Lensing anschauen?«

Einerseits würde Mario spielen und wir könnten ihn ausfragen. Andererseits war eine Länderspielpause mal wieder eine willkommene Gelegenheit, meinen alten Verein zu besuchen.

»Klar. Warum nicht?«

So fanden wir uns am Nachmittag auf dem Platz ein. Der Mann im Kassenhäuschen wollte uns 2€ abknöpfen. Ich hatte aber nur große Scheine dabei. Also zog ich einen gelben Schein aus der Geldbörse, legte ihn auf die Ablageschale für das Geld.

»Zwei Personen bitte.«

Erst dann schaute er hoch. »Mensch, Daniel! Erschreck mich doch nicht so.« Er kam aus seinem Kassenhäuschen heraus und wir umarmten uns.

»Hermann, grüß dich! Darf ich dir Felix Theisendorf vorstellen? Felix, das ist unser Ehrenvorsitzender.«

Die beiden schüttelten sich die Hände.

»Auf 200 kann ich dir nicht rausgeben, Junge!«

»Passt. Nimm den Rest als Spende für die Vereinskasse.«

»Danke dir! Dann sucht euch mal die besten Plätze aus.«

Ich kaufte noch Getränke. Gott sei Dank waren die Temperaturen für November noch erträglich. Aber ein heißer Kaffee durfte es schon sein.

Mario spielte inzwischen nicht mehr bei der U18, in der wir damals noch gemeinsam waren. Er war mit seinen 20 Jahren jetzt bei den Herren.

Tex hatte sich relativ zentral platziert, sodass wir das gesamte Spielfeld gut im Blick hatten. Ich reichte ihm seinen heißen Kaffee, den er dankbar annahm und wir setzen uns. Natürlich ließ es sich nicht vermeiden, dass wir erkannt wurden. Das war heute aber auch in Ordnung. Schließlich waren wir hier, um auch sichtbar moralische Unterstützung für Lensing zu bieten.

Die ersten Fotos wurden geschossen, die ersten Autogramme erbeten. Irgendwann kamen die Spieler zum Aufwärmen auf den Platz. Einer von Marios Teamkollegen, den ich nicht kannte, stupste Mario am Arm und deutete auf uns. Mario bekam große Augen und trabte auf uns zu.

»Hey! Was macht ihr denn hier?«

Beide umarmten wir ihn.

»Ich will mal wieder sehen, ob du noch Tore schießen kannst.« Ich grinste ihn an.

»Kann ich!«

Auch der Rest der Mannschaft kam näher. Diejenigen, die mich noch kannten, waren mutiger, die Übrigen eher zurückhaltend.

Alle wurden schnell abgeklatscht und begrüßt. Besonders der neue Torwart, der mir noch unbekannt war, war beeindruckt von Felix Erscheinen.

»Dass ich das mal erleben darf, dass mir der Torwart von Neuenstein bei einem Spiel zuschaut. Da muss ich mich ja heute richtig anstrengen!«

Jan Weger war als Trainer inzwischen ebenfalls zu den Herren gewechselt. Auch er begrüßte uns, rief dann aber seine Jungs zur Ordnung und zum weiteren Aufwärmprogramm.

»Schön, dass ihr da seid! Das bedeutet uns viel!«, sagte er noch zu mir er mir, bevor er wieder ganz professionell die Führung der Mannschaft übernahm.

Es war ein spannendes Spiel. Erst in der zweiten Halbzeit konnte Lensing den Rückstand von 0:2 ausgleichen. Tatsächlich schoss Mario eines der Tore und bereitete das andere vor. Unsere Anwesenheit schien ihn anzustacheln. Trotz des Unentschiedens wurde er als Held der Mannschaft gefeiert.

Wir warteten vor dem Ausgang der Kabinen, bis Mario geduscht hatte.

»Na, da bin ich ja heute eher untergegangen«, hörte ich eine weibliche Stimme plötzlich sagen.

Es war Sandra, die Mario am Tag zuvor in dem Club kennengelernt hatte. »Schön, dich wiederzusehen!«

Ich begrüßte sie und auch Felix reichte ihr die Hand.

»Ich wollte heute gleich mal gucken, was er so auf dem Feld macht. Von Fußball habe ich zwar keine Ahnung, aber es sah ganz gut aus, oder? Trotzdem hat er mich nun gar nicht beachtet, weil ihr da wart.«

»Sorry!«, entschuldigte ich mich. »Ich wusste ja nicht, dass du auch als Unterstützung kommen würdest.«

»Ich hatte nichts zu tun und ich war noch in der Stadt.« Sie lächelte mich offen an.

»Und ihr zwei seid schwul?«

Tex fiel die Kinnlade herunter.

Kapitel 7

Gott sei Dank kam in dem Moment Mario aus der Kabine und schaute überrascht zu Sandra.

»Hey, du bist auch hier gewesen?«

»Bin ich noch. Ja. Aber dank deiner Freunde hattest du ja kein Auge für mich.« Der Vorwurf war lieb gemeint, das hörte man. Auf jeden Fall sorgte Marios Erscheinen dafür, dass wir einer Antwort auf Sannis Frage entkamen.

»Für jemanden, der sich nicht mit Fußball auskennt, ist es schon eine reife Leistung, nach nicht mal 24 Stunden hier am Platz zu stehen.«

Mario gab ihr scheu einen Kuss auf die Wange. »Schön, dass du da bist. Das freut mich wirklich sehr.«

»Ich wollte halt mal sehen, was du so für Kunststücke auf dem Rasen vollbringst. Und dich fragen, ob wir vielleicht ein Eis essen.«

Sandra schaute verlegen zu Boden.

»Ja, wir machen uns dann mal wieder auf den Heimweg«, ließ Tex verlauten. Offenbar hatte er genauso wie ich den Eindruck, dass wir hier jetzt störten.

»War schön, dass ihr da wart!«

Umarmung. Abschied. Abgang.

»Unter den Augen von Daniel Recker – Lensing holt noch das Unentschieden.«

Sogar die lokale Stadtteil-Presse hatte einen Bericht geschrieben. Mario hatte mir die Berichte alle per Mail geschickt.

»Mario von Altenberg sorgte mit dem Anschlusstreffer und dem Assist zum 2:2 dafür, dass wenigstens noch der Ausgleich erzielt wurde. Sein ehemaliger Teamkollege, der inzwischen zum FC Neuenstein aufgestiegen ist, verfolgte das Spiel zusammen mit Neuensteins Torwart Felix Theisendorf am Spielfeldrand.«

Mario war sichtlich stolz darauf, dass er einerseits der Held des Spiels war und andererseits nun auch ein wenig durch unsere Freundschaft in die Öffentlichkeit gezerrt wurde.

»Ohne dich würde ich es wohl nicht in die Zeitung schaffen«, sagte er, als wir uns am Tag danach über das Spiel unterhielten. »Umso dankbarer bin ich dafür, dass ihr da wart!«

Sanni und Mario waren zum nächsten Heimspiel gekommen, ich hatte ihnen Karten besorgt. Es war ein heißes Spiel gegen einen der Topfavoriten aus dem Rheinland. Wir mussten uns beweisen und gewinnen, sonst würde die Meisterschaft in weite Ferne rücken.

Außerdem hatten wir wieder einmal ein Essen bei mir vereinbart. Tex wollte von sich aus sogar dabei sein. Zum einen kannte er in diesem Fall die neue Freundin von Mario schon. Zum anderen waren wir durch den Vorfall mit Jessica vorgewarnt. Und zum dritten hatte er keine Lust, einen Abend aus meinem Leben ausgesperrt zu sein, wie er sagte.

Daneben war uns beiden klar, dass Sandra offenbar einen Riecher dafür hatte, dass wir schwul waren. Immerhin hatte sie es ja bei der ersten Begegnung schon ausgesprochen. Es war nur noch nicht bestätigt worden.

Das Flutlicht blendete mich, als ich beim nächsten Heimspiel den Rasen betrat. Nach dem Anpfiff und einer Phase des gegenseitigen Abtastens legten unsere Gegner sogar das erste Tor vor, wie ich es beinahe befürchtet hatte. Kurz vor der Halbzeit konnte Leutrim den Ausgleich erzielen, doch in der 47. Minute hatte Tex bereits wieder einen Ball im Netz.

Wir mussten uns mental neu einstellen. Ich versuchte, meine Jungs mitzureißen, sie anzuleiten, anzuheizen, nach vorne zu pushen. Doch irgendwie wollte nichts gelingen. Es blieb lange Zeit beim 1:2. Irgendwann vor Schluss nahmen die Gegner den Druck raus. Wahrscheinlich waren sie sich zu sicher, dass sie das Ding schon gewonnen hatten, vielleicht waren sie auch müde geworden.

Auf jeden Fall schafften wir, was keiner so richtig mehr für möglich gehalten hatte. Die Kurve stand! Und das Ergebnis stand ebenfalls. 2:2.

»Toooooooooooooooooooooor durch unsere Nummer 18: Daniel …«, verkündete der Stadionsprecher.

»Recker«, vervollständigten die Fans.

Leutrim, der mir dieses Mal die Vorlage geliefert hatte, umarmte und beglückwünschte mich. »Gut gemacht, Kumpel!«

»Danke für die Vorlage!«

Dieses Unentschieden fühlte sich heute wie ein Sieg an. Trotzdem wussten wir alle, dass wir uns nicht darauf ausruhen durften.

Als ich zur Bande ging, kamen Mario und Sanni näher an diese heran, damit wir uns begrüßen konnten.

»Schön, dass ihr gekommen seid!«

»Ich wollte mal sehen, ob du noch Tore schießen kannst.«

»Kann ich!«

»Auch von mir einen Glückwunsch. Das war echt spannend, obwohl es erst mein zweites richtiges Fußballspiel war. Schade, dass es nicht zum Sieg gereicht hat.«

Ich zuckte mit den Schultern.

»Die Geschichte wiederholt sich«, sagte ich nur und zwinkerte Mario zu. Für beide gab es noch eine herzliche Umarmung.

»Wir sehen uns dann in zwei Stunden?«

»Bis dahin.«

Ab in die Kabine.

Nach der Dusche fuhr uns Steven mit dem Bus zum Gelände zurück, wo wir in unsere Autos umstiegen und nach Hause fuhren.

Dort angekommen, bat ich Tex, einen Rotwein zu öffnen, und machte mich über die Nudeln her. Die Soße hatte ich, wie schon beim letzten Mal, als Mario mir seine erste Freundin vorstellte, vorgekocht.

Pünktlich klingelte es an der Tür und auch dieser Teil der Geschichte wiederholte sich. Mario stand mit einer Flasche Wein als Gastgeschenk nervös vor der Tür und schob seine Freundin in mein Haus.

»Noch mal ganz offiziell: Das ist Sandra. Sanni. Meine Freundin.«

»Willkommen! Ganz offiziell gratuliere ich euch Zweien. Ich bin Daniel! Kommt rein!«

Dann erschien Tex aus der Küche mit der geöffneten Flasche Rotwein in der Hand.

Irritiert schaute Sandra von mir zu ihm und wieder zurück, schüttelte leicht den Kopf und ging auf Tex zu.

»Also du hast es ja ohnehin schon geahnt«, begann Felix, »deshalb ganz offiziell: Du hattest Recht. Daniel und ich sind zusammen.«

Offenbar vertraute Tex ihr schon nach so kurzer Zeit. Später erzählte er mir, dass sie es ja ohnehin schon geahnt hatte und er deshalb diesen Eiertanz vermeiden wollte. Er wusste, dass es ein Risiko war. Aber manchmal müsste man eben mal etwas riskieren. Und Mario hatte unsere Ehrlichkeit ebenfalls verdient.

»Danke für euer Vertrauen. Ich kann mir vorstellen, dass das nicht einfach ist, auch, wenn ich von Fußball nicht viel Ahnung habe. Dafür mit Schwulen umso mehr.« Sie lachte herzlich auf.

Nachdem ich die beiden gebeten hatte, Platz zu nehmen, goss Felix vom Rotwein ein und ich servierte Nudeln und Soße.

An diesem Abend war die Stimmung ausgelassen, es wurde viel gelacht, gefragt und erzählt. Sandra war eine sympathische junge Frau, die gut zu Mario passte. Immer wieder gab es kleine Zärtlichkeiten zwischen ihnen und auch Tex und ich hielten uns damit nicht zurück.

»Ihr Zwei wart an jenem Abend schon auf Brautschau oder?«, fragte Sandra irgendwann sehr direkt. Man sah an ihren Augen, dass sie sich an jenen Abend in der »Bank« erinnerte.

»Ja«, gestand Mario. »Und es war mir extrem wichtig, dass du Daniel nicht kanntest. Ich … meine Ex-Freundin hatte sich nur an mich …«, er musste schlucken und sprach nicht weiter.

»Sie wollte ihn?«, schlussfolgerte Sandra schnell und deutete auf mich.

»Exakt«, schaltete ich mich ein. »Sie hat sich an einem ähnlichen Abend wie diesem in der Küche an mich ran gemacht. Allerdings hat sie wohl nicht geahnt, dass ihre Avancen bei mir nicht nur auf unfruchtbaren Boden fallen, weil Mario mein bester Kumpel ist, sondern auch, weil ich …«

Verliebt schaute ich zu meinem Freund.

»Dumm gelaufen für die blöde Kuh!«

Sandras Sprache war immer ein kleines Stückchen derber, als ich es bei den meisten Frauen gewöhnt war.

Ich zuckte mit den Schultern. »Tja. Pech gehabt. Und deshalb wollte Mario unbedingt jemanden, der sich mit Fußball nicht auskennt und der mich nicht kennt.«

»Verständlich. Hast du ja jetzt.« Sie gab Mario einen Kuss. »Aber ab sofort darf ich etwas über Fußball lernen oder?«

»Klar!« Das kam aus drei Mündern.

»Also wie war das noch mit Abseits …?«

Alle fielen in ein herzliches Lachen ein.

Nach dem Abräumen des Tisches saßen wir noch weiterhin beieinander.

»Mir ist schon klar, dass ihr mir euer Vertrauen geschenkt habt, indem ihr mich hier her eingeladen habt. Ich wollte nur sagen, dass ich kein Sterbenswörtchen über euch erzählen werde. Auch meine schwule Clique wird davon rein gar nichts erfahren. Ich bin sehr geehrt. Danke!«

Tex stand auf, ging auf Sandra zu, umarmte sie und sagte:

»Willkommen in unserer kleinen Familie, zu der ich auch Mario zähle. Und nun auch dich. Schön, dass ihr zusammengefunden habt!«

»Da fällt mir ein: Hast du Sandra schon wegen der Hütte gefragt?«

Der druckste herum. »Neee … ich wollte … also du musst …«

Damit war mir der Schwarze Peter zugeschoben, aber immerhin war es ja auch »meine« Hütte, in die wir traditionell nach Weihnachten seit ein paar Jahren fuhren.

»Am 27. Dezember fahren wir für ein paar Tage ins Zillertal. Wenn du noch nichts vorhast, würden wir uns freuen, wenn du mitkommst.«

»Oh. Das ist kurzfristig. Urlaub habe ich da. Aber dann muss ich ein paar Sachen umdisponieren.«

Mario schaute sie mit verliebten Augen an. »Kommst du mit, Sanni?«

»Du bist die erste Frau, die wir einladen. Du musst also zusagen. Selbst unsere Kollegen lassen ihre Ehefrauen und Freundinnen zu Hause.«

Und mir kam der Gedanke, dass es vielleicht ungerecht war, wenn jeder ohne Partner kam, nur Mario nicht. Andererseits waren auch Tex und ich schon immer als Paar dort gewesen und es hatte niemanden gestört.

Die übrigen Hütten-Urlauber wurden von mir informiert und jeder freute sich für Mario, dass er nun eine Freundin hatte, aber keiner meckerte, dass die eigene Frau oder Freundin nicht eingeladen war. Das war eben schon eine Tradition, ebenso wie unser Urlaub im Sommer.

Völlig zusammenhanglos erzählte mir Tex kurz vor Weihnachten, dass er einen Gruß von Patrick erhalten habe. Jener Patrick, den wir damals zum Dreier nach dem Training mit nach Hause genommen hatten.

Er berichtete, dass er wegen eines Knorpelschadens am Knie seine Karriere beenden müsse. Nun sei er endlich frei und er habe einen Freund gefunden. Etwas, das für ihn auf dem Weg zum Profi-Fußballer nie möglich gewesen wäre.

Traurig blickten wir beide auf diese Textnachricht. Es tat uns leid, dass er nun nie wieder spielen können würde. Und dass er so eine verbissene Ansicht zum Schwulsein hatte. Aber wir wussten ja, was er meinte, schließlich saßen wir im gleichen Boot. Für seine Beziehung freuten wir uns und Tex schrieb ihm das zurück. Er wünschte ihm trotz allem ein schönes Weihnachtsfest und alles Gute.

Wir vergaßen diese Episode über die Feiertage relativ schnell.

Da Felix und sein Bruder keinen Kontakt mehr zu ihrer Familie hatten, war es inzwischen zu einer schönen Tradition geworden, dass Maximilian an Weihnachten nach Neuenstein kam und mit uns bei meinen Eltern Weihnachten feierte. So war es auch in diesem Jahr.

Nach den Feiertagen brachen wir ins Zillertal auf, und in den Tagen vor dem Rückrundenstart standen wieder die Besuche bei den Fanclubs im Kalender.

Nachdenklich schaute Nikolas aus dem Fenster, während mein Auto die verschneite Landstraße dahinfuhr.

»Weißt du, dass ich vor drei Jahren echt beeindruckt war?«

Er würde doch nicht wieder die alten Geschichten auspacken!?

Ich ließ ihn reden.

»Mir ist klar geworden, dass du damals für mich eingestanden bist. Als diese bekloppten Fans mich verprügeln wollten. Du hast etwas völlig

Irrationales getan. Etwas, das nicht zu erwarten war, nach dem, wie ich dich und Tex behandelt hatte. Dass da mehr Teamgeist war als bei mir, das ist mir später bewusst geworden. Das Einstehen für den anderen.«

Er schaute noch immer aus dem Fenster.

»Etwas, das ich damals nicht konnte. Ich habe an diesem Abend viel über mich gelernt. Auch, dass ich immer ein Eigenbrötler war, nie etwas mit dem Team unternommen habe. Als Tex nach dieser wahnsinnigen Aktion in der Dusche alle zum Essen eingeladen hatte, da war ich nicht dabei. Und ich wäre so gern dabei gewesen. Ich war damals so sauer auf mich selbst. Aber ich konnte an meinem Verhalten auch nichts ändern. Verstehst du das? Klingt irgendwie komisch. Es brauchte schon den Schlag auf die Zwölf und dein Eintreten für mich, dass ich da aufgewacht bin.«

Er fuhr sich mit der Hand durch das Gesicht.

»Wie war dein Urlaub? Erzähl mal …«

»Es war harmonisch. Schön, wie immer. Wir haben ja seit ein paar Jahren das gleiche Haus. Und dieses Mal hatte mein bester Freund Mario seine erste richtige Freundin dabei. Gott sei Dank hat die von Fußball wenig Ahnung.«

»Wieso das?«

»Weil seine Ex-Freundin ihn nur benutzt hat, um entweder an Tex oder mich heranzukommen.«

Er lachte laut auf. »Da hat sie sich ja genau die Richtigen ausgesucht.«

»Du sagst es … Jedenfalls war niemand stinkig oder so. Die andern Jungs sind ja alle ohne Freundinnen dabei. Von daher war das etwas heikel. Aber ich glaube, bei den andern hat sich das schon so als Single-Urlaub eingeprägt, dass sie kein Problem mit Marios Freundin hatten. Außerdem ist er noch jung, die Hormone kochen noch über. Ich hätte es nie zulassen können, ihn eine Woche von seiner Sanni zu trennen.«

»Meinst du, es wird bald zu einem Outing eines Fußballers kommen?«

Irritiert schaute ich nach rechts, sagte aber nichts.

»Na ja, nach dem, was Günter Flamm gesagt hat … man hatte den Eindruck, als stünde ein Outing kurz bevor. Es wird Zeit, dass sich die Ersten trauen, damit der Fußball irgendwie als Sport der Heterosexualität entzaubert wird. Es müsste doch jedem klar sein, dass nicht alle Spieler zu 100 % hetero sind. Seine Rede klang jedenfalls so, als würde ein Sturm aufziehen. Zieht euch also warm an.«

»Hast du im Sommer schon etwas vor?«, platzte es aus mir heraus.

»Wieso?«

»Du könntest mitkommen. Nach Mallorca. In den Urlaub.«

»Nein. Lass mal. Ich will euch da nicht stören. Außerdem … ich hab mich zwar geändert. Aber so ein kleines bisschen vom Eigenbrötler ist noch immer in mir drin. Da kann man keine 180 Grad Drehung vollziehen. Ich würde euch eh nur langweilen.«

»Was machst du denn im Urlaub und in der Winterpause?«

»Ich bin meistens bei meiner Familie. Also zu Weihnachten in jedem Fall. Und im Sommer … wo es mich gerade hinzieht.«

Ich hatte mir nie Gedanken um die Urlaube meiner Kollegen gemacht. Aber ich hatte eine Ahnung, dass Nikolas im Sommer keinen Urlaub machte, auch, wenn er mir anderes erzählen wollte.

»In 50 Metern haben sie ihr Ziel erreicht!«, plapperte mein Navi.

»Dann mal rein ins Getümmel!«

»Daniel! Felix! Bitte bleibt heute länger da. Wir müssen mit euch noch etwas besprechen«, bat uns der Trainer kurz vor Ostern. Und als wir geduscht und umgezogen in das Büro von Hans-Peter gebeten wurden, staunten wir nicht schlecht. Es war beinahe der komplette Vorstand anwesend, inklusive des Präsidenten.

»Setzt euch!«, bat Günter Flamm.

Tex wurde augenblicklich bleich.

Auch meine Nervosität stieg deutlich an und die Schlagzahl meines Herzens nahm bedrohlich zu. Schweiß brach uns beiden auf der Stirn aus.

»Zunächst entschuldigt bitte, dass wir euch zwei so überfallen. Aber wir haben leider keine zeitlichen Spielräume in dieser Sache.«

»Kein Problem! Worum geht's denn?«, preschte Felix vor.

»Wir haben, um es kurz zu machen, eine Anfrage von einem Fernsehsender bezüglich eurer Homosexualität. Es gibt Bilder, die allesamt zwar nicht eindeutig sind, aber die euch recht häufig miteinander zeigen. Im

Urlaub und zu anderen Gelegenheiten. Es gibt Aussagen von Nachbarn, die berichten, dass Felix bei dir oft zu Gast ist.«

Felix wollte gerade ansetzen, um etwas zu sagen.

»Ich weiß! Das alles sind keine stichhaltigen Beweise. Aber dazu gibt es eine Aussage von einem jungen Mann, der behauptet, mit euch beiden … wie soll ich sagen … Geschlechtsverkehr gehabt zu haben. Wir wussten ja immer oder haben geahnt, dass so etwas einmal passieren könnte.«

Felix wollte wiederum etwas sagen.

»Das Problem ist nicht, dass es Fotos gibt. Das Problem ist auch nicht die Aussage, sondern das Problem ist, dass es beides zusammen gibt. Gegen eines könnten wir uns wehren. Alles andere sähe gezwungen aus. Gerade, weil wir unsere Kampagne für Toleranz fahren. Die Zeitungen haben groß darüber berichtet. Wenn wir jetzt mit aller Vehemenz ein Dementi herausgeben, dann machen wir die gesamte Kampagne lächerlich. Wir haben nun zwei Möglichkeiten: Entweder stellen wir das Ganze so hin, dass es uns nicht interessiert oder aber wir gehen in die Offensive.«

»Haben wir es mit einer Erpressung zu tun oder wird darüber in jedem Fall berichtet werden?«, teilte ich meine Gedanken mit.

»So, wie sich die Sachlage darstellt, wird es wohl in jedem Fall einen Bericht geben. Und ihr solltet euch schon jetzt darauf einstellen, dass es zu Fragen in Interviews kommen wird. Egal, wie ihr euch entscheidet.«

»Wir?«

»Ja. Es ist eure Entscheidung. Ihr sollt wissen, dass der Verein jede Entscheidung mittragen wird. Allerdings ist es für den Hintergrund gut, zu wissen, dass es sich bei der Aussage um den ehemaligen Torwart-Anwärter Patrick Schütz handelt. Der musste seine Karriere angeblich wegen einer Verletzung beenden und ist jetzt mit einem fanatischen Homo-Aktivisten zusammen. Und der will offenbar alles aufmischen. So kann Aufklärung ganz schnell zu einer schmutzigen Schlammschlacht werden. Er kämpft für die gute Sache, aber mit unlauteren Mitteln. Ein Zwangsouting kann niemals im Sinne der Toleranz sein. Aber so sieht die Sachlage wohl aus. Der Schütz war blöd genug, ihm von dem Dreier mit euch zu erzählen und sein Freund hat sich natürlich auf die Sache gestürzt. Mit Hilfe eines befreundeten Journalisten ist er euch schon eine Weile auf der Spur. Nachbarn wurden ganz nüchtern befragt, ob sie euch häufiger zusammen sehen.

Bilder aus dem Internet wurden gesammelt. Und dazu die Aussage vom Schütz. Und fertig ist der Zeitungsartikel.

Wie gesagt: Wir können die Taktik fahren, dass es uns egal ist, was in der Zeitung steht. Wir können auch in die Offensive gehen. Aber was wir nicht können, ist heftig dementieren oder gar den Typen verklagen. Das macht uns alle unglaubwürdig.«

»Wie lange haben wir Zeit für eine Entscheidung?« Ich wollte mal die Möglichkeiten abklappern.

»Besser heute als morgen. Ich gehe davon aus, dass der Artikel vor dem nächsten Spiel erscheint und dass ihr dann in jedem Fall vor die Presse müsst.«

»Fuck!«, entkam es uns beiden gleichzeitig.

»Und bedenkt dabei auch: Es werden eure Eltern und Freunde befragt werden, wenn das Ganze öffentlich wird. Das wird ein medialer Erdrutsch. Man wird versuchen, alles über euch in Erfahrung zu bringen. Und wenn ich alles sage, dann meine ich alles. Hast du mal in einer Klassenarbeit geschummelt? Warst du schon im Sportunterricht unfair? Wie warst du im Verein Lensing? Ein Teamplayer oder schon damals arrogant und abgehoben?«

»Ich bin nicht …«

»Ich weiß! Aber das werden die Fragen sein, die euch gestellt werden. Seid vorbereitet! In jedem Fall habe ich einen Termin mit dem Leiter unserer Presseabteilung gemacht. Den habe ich bisher noch nicht einbezogen, weil ich euch nicht ohne euer Einverständnis vor ihm outen wollte. Beim Vorstand hingegen«, er blickte in die Runde, »war das unumgänglich. Thomas Oppermann soll euch auf alle Möglichkeiten vorbereiten, wenn ihr einverstanden seid. Auf alles, was auf euch zukommt. Und wir werden die Mannschaft informieren müssen. Sie haben ein Recht, vorgewarnt zu sein.«

Ich nickte. Tex schaute starr auf den Tisch.

»Wir haben heute Montag. Unser Spiel ist erst am Sonntag. Ich denke nicht, dass der Artikel vor Freitag erscheinen wird. Ihr habt also auch noch die Möglichkeit, komplett in die Offensive zu gehen und dem Artikel zuvorzukommen. Das wäre die eleganteste Lösung.«

Er blickte in die Runde.

»Gibt es derzeit noch irgendwelche Fragen?«

Niemand rührte sich.

»Dann sind wir durch.«

Alle erhoben sich nacheinander und verließen das Büro. Einige klopften uns auf die Schulter. Andere wünschten uns alles Gute. Tex und ich saßen noch am Tisch, um den Schock zu verdauen. Auch Günter Flamm blieb noch und ebenso unser Trainer.

»Da werdet ihr jetzt durch müssen«, setzte Flamm erneut an.

»Sagt uns bitte möglichst bald Bescheid, wie ihr euch entschieden habt. Euer Termin mit Thomas Oppermann ist morgen früh um 8:00 Uhr. Um 10:00 Uhr ist Training.«

Tex und ich erhoben uns und verließen das Büro.

Draußen brach er weinend in meinen Armen zusammen. »Ich habe Angst«, schniefte er an meiner Schulter.

Kapitel 8

Wir saßen an diesem Abend lange wach und besprachen die Möglichkeiten.

Bei Tex drehte sich immer wieder alles um die Frage, wie Patrick uns das antun konnte, wohingegen ich mir eher die Frage stellte, welche Lösung wir anstreben würden.

»Wir müssen das durchziehen! Das sind wir uns und unserer Beziehung schuldig«, mahnte ich ihn. »Ein Verstecken ist nicht mehr möglich. Und ich will mich auch ehrlich gesagt nicht ins Bockshorn jagen lassen.«

Erschrocken schaute er mich an. »Das heißt, du willst es offensiv durchziehen?«

»Etwas anderes bleibt uns ja wohl nicht übrig, oder?«

Er blieb still.

»Ich rufe mal meine Eltern an und warne sie vor. Du solltest vielleicht auch … ich meine, bei deinen Eltern werden sie ebenfalls auftauchen, wenn es so weit ist. Dass ihr keinen Kontakt mehr habt, interessiert die Presse nicht.«

Jetzt schaute Tex mich an, wie ein geprügelter Hund.

Ich gab ihm einen Kuss und zog mich mit dem Telefon ins Schlafzimmer zurück.

»Hey Mom«, begann ich das Gespräch. »Bevor du fragst: Nein, es ist nichts passiert! Aber es wird bald etwas passieren und deshalb möchte ich euch vorwarnen.«

Stille in der Leitung.

»Junge, was ist los?«, kam es dann irgendwann.

»Tex und ich werden uns outen. Es muss sein, weil die Zeitungen bereits geschnüffelt haben. Es wird so oder so ein Bericht erscheinen, der relativ schlüssig darlegt, dass wir zusammen sind.«

Die Sache mit dem Dreier musste sie ja nicht unbedingt erfahren.

»Dem wollen wir zuvorkommen. Also werden wir es noch im Laufe dieser Woche öffentlich machen.«

»Aber Junge, der Verein …«

»Die stehen hinter uns. Das ist abgesprochen. Aber es wirkt souveräner, wenn wir der Enthüllung zuvorkommen. Wenn wir proaktiv agieren, statt nur zu reagieren.«

Ich wollte das Ganze etwas sacken lassen und blieb still. Aus dem Wohnzimmer hörte ich die Stimme von Tex. Und sein Ton war nicht gerade freundlich. Also hatte er meinen Rat wohl befolgt und seine Eltern angerufen.

»Wann …?«, fragte meine Mutter nur.

»Auf jeden Fall vor dem nächsten Spiel. Das ist am Sonntag. Ich hoffe, dass die Fans zumindest teilweise auf unserer Seite stehen. Sonst sind wir geliefert. Aber wir haben ja in den letzten Wochen diese Kampagne für Toleranz auf die Beine gestellt. Vielleicht hat das zu einem gewissen Umdenken geführt.«

»Ich hoffe es.«

Ich auch. Aber das sprach ich nicht aus.

»Junge, wenn du etwas brauchst …?«

»Äh … ja. Es wäre schön, wenn ihr am Sonntag ins Stadion kommen würdet. Mario und Sandra schleppe ich auch noch an und dann sehen wir mal, wen ich noch aktivieren kann. Vielleicht kommt halb Lensing. Mal sehen. Außerdem … Mama …«

»Ja?«

»Ihr solltet euch mit dem Gedanken anfreunden, dass die Presse bei euch auftauchen wird. Sie werden alles wissen wollen. Und vermutlich sogar eure Kartoffelschale aus dem Müll holen. Seid also bitte gewarnt und seid vorsichtig!«

»Denen wird dein Vater schon einheizen! Und am Sonntag kommen wir natürlich. Da werde ich deinem Vater schon einheizen, dass er mal nicht in die dämliche Kanzlei fährt!«

»Ihr seid die Besten! Danke Mama! Ich muss jetzt noch ein paar andere Anrufe tätigen. Ich melde mich wieder.«

»Mach es gut, Junge! Ich drücke euch die Daumen. Sag dem Felix liebe Grüße. Hab dich lieb, mein Junge.«

»Hab dich auch lieb, Mama! Die Grüße richte ich aus. Ciao.«

Im Wohnzimmer war es still geworden. Daher verließ ich meine Burg und ging zurück. Tex saß still am Tisch und starrte das Telefon an. Ich legte ihm einen Arm auf die Schulter.

»Und? Wie ist es gelaufen?«

»Was denkst du denn?«

Ich zuckte mit den Schultern. »Keine Ahnung!?«

»Mein Vater hat gesagt, wenn die Presse auftauchen würde, dann würde er denen sagen, wie unmoralisch und falsch er mein Handeln findet. Dann haben wir gestritten, als ich Mama sprechen wollte. Die hat nicht viel zu dem Ganzen gesagt.«

Eine Umarmung und zwei Küsse konnten ihm nicht wirklich helfen, aber vielleicht jemand anderes.

»Ruf deinen Bruder an. Als positiven Ausgleich. Ich rufe jetzt Mario an und dann beim Trainer von Lensing. Mal sehen, wen ich alles als Unterstützung für Sonntag mobilisieren kann. Aber wenn ich mit Karten winke, werden die schon kommen.«

Es war ein Henkersgrinsen, das ich im Gesicht hatte, mit einem Galgenhumor-Level von 100 %.

Der Anruf bei Mario war, wie es zu erwarten war, eine Kleinigkeit. Er sagte sofort zu, mit Sandra am Sonntag ins Stadion zu kommen. Der Anruf bei meinem ehemaligen Trainer war durchaus heikler, denn ich wusste nicht, wie er zu dem ganzen Thema »Homosexualität« stand.

»Hi, Jan! Hier ist Daniel. Entschuldige, dass ich dich am Abend noch störe …«

»Kein Problem, Daniel! Schön, dass du anrufst! Wie geht's dir?«

Nach ein bisschen Small Talk kam ich zum wesentlichen Punkt.

»Jan, kannst du mit ein paar Jungs am Sonntag ins Stadion kommen? Ich besorge euch Karten. Ich brauche eure …« Unterstützung, wollte ich sagen. Irgendwie stockte meine Stimme.

»Klar, wir kommen gern. Aber was … ich meine: Wieso brauchst du uns?«

»Sitzt du gut?«

»Sprich schon!«

»Noch in dieser Woche wird es einen medialen Erdrutsch geben. Tex und ich … also Felix … Theisendorf …«

»… kenne ich …«

»Wir sind zusammen. Und wir werden uns outen.«

Stille in der Leitung.

»Jan?«, fragte ich vorsichtig nach.

»Oh Mann … ich bin … sprachlos … Das … Du bist dir bewusst, dass ihr damit die Ersten seid? Das wird allerdings einen Erdrutsch geben. Natürlich werde ich die Jungs mobilisieren.«

»Jan? Du hast doch kein Problem damit, oder …?«

»Nein! Wie kommst du darauf?«

»Ich meine nur … ich hab damals nie … Ich hätte früher ehrlich sein können … müssen.«

»Niemand weiß so gut wie ich, dass ein Outing im Fußball ein riesiges Problem darstellt. Vielleicht solltest du wissen, dass ich seit 10 Jahren mit einem Mann zusammen bin.«

»Du?«, fragte ich ungläubig.

»Ja! Ich!«, sagte er mit Nachdruck. »Ich habe es nie öffentlich gemacht, weil sonst die Eltern etwas sagen könnten, wenn ich ihre Jungs trainiere. Das wollte ich immer vermeiden. Vielleicht hätte ich offener damit umgehen sollen. Aber auch als Trainer ist man gewissen Ressentiments ausgesetzt.«

»Jan, das … Danke für dein Vertrauen!«

»Ich danke für deines. Und natürlich werde ich die Jungs mobilisieren. Daniel, darf ich dich dafür im Vorfeld outen?«

»Ja, klar! Tu alles, was du für richtig hältst. Schwenkt Regenbogenfahnen, schreibt Plakate, was auch immer.«

»Du kannst auf deinen alten Verein zählen, Daniel! Ich organisiere das! Und: Meine Hochachtung! Wenn ihr das durchzieht, habt ihr auf ewig meinen Respekt. Und den Respekt vieler Menschen!«

Die Geschichte von Tex und meinem Kennenlernen musste ich ihm natürlich auch noch erzählen. Alles in allem dauerte das Gespräch also länger als geplant. Es war dafür aber auch effektiver als geplant, da ich jetzt einen Fürsprecher hatte, der Homosexualität nicht nur akzeptierte, sondern jemanden, der selbst »betroffen« war.

Tex hatte inzwischen mit seinem Bruder telefoniert, der auf jeden Fall ins Stadion kommen wollte.

»Und? Hast du dir überlegt, ob wir es offensiv angehen?«

Tex stand auf, ging zu meinem Schnapsregal, suchte nachdenklich nach einer Flasche Kräuterschnaps. Hin und wieder bekam ich solche Sachen sogar geschenkt.

Er goss uns stumm zwei Gläser ein, reichte mir eins davon und sagte: »Auf uns und unser Outing! Damit gehen wir in die Geschichte ein!«

Wir stießen an, kippten das Zeug auf Ex hinunter und schüttelten uns beide.

»Gar kein so schlechter Gedanke«, musste ich ihm zustimmen. »Wir gehen damit tatsächlich in die Geschichte ein.«

»Also ziehen wir das durch!«

Zur Bestätigung küssten wir uns. Innerlich jubilierte ich, dass er nicht wieder die Flucht ergriff oder zu viel Angst vor der ganzen Sache bekam. Mir selbst war zwar auch schwindelig, aber ich dachte mir, dass wir das mit Unterstützung unserer Freunde, meiner Familie, Tex Bruder, der Mannschaft und dem ganzen Verein schon hinkriegen würden. Wobei es ja noch nicht durch war. Tex konnte ja noch einen Rückzieher machen.

Aber angesichts des drohenden Artikels war vermutlich selbst ihm klar, dass ein offensives Agieren besser war, als nur zu reagieren.

Wir diskutierten, ob wir noch die Freunde innerhalb der Mannschaft einbeziehen sollten. Wir waren jedoch beide der Ansicht, dass dies zu viel Zeit in Anspruch nahm. Sie würden es eben alle gemeinsam erfahren.

»Mit einer Ausnahme: Ich würde gerne Nikolas anrufen.«

»Nikolas? Ausgerechnet …?«

»Ja.«

Gesagt, getan. Er war zwar verwundert, dass er von mir einen Anruf bekam. Unser Kontakt war vorsichtig freundschaftlich. Aber außerhalb des Trainings und unserer Fanclub-Besuche hatten wir doch wenig bis gar keinen privaten Kontakt. Ich setzte ihn also von der ganzen Sache in Kenntnis. Er blies hörbar die Luft aus.

»Dann hoffen wir mal, dass unsere Besuche etwas bewirkt haben. Das Spiel am Sonntag ist Gott sei Dank nicht gerade gegen einen harten Gegner. Aber die harten Gegner werden diesmal auf der Tribüne sitzen. Habt ihr euch schon überlegt, wie ihr da den schwulenfeindlichen Plakaten und anderen Dingen entgegentreten wollt?«

Diesmal blies ich die Backen auf. Daran hatte ich noch keinen Gedanken verschwendet.

»Ok. Ich überlege mir etwas. Gib mir ein wenig Zeit!«, bat Nikolas.

»In Ordnung. Und danke für alles, Nik!«

»Passt schon! Ich drücke euch die Daumen!«

Wir verabschiedeten uns. Was ich zu diesem Zeitpunkt nicht wusste, war, dass wir am Sonntag gegen Nikolas ehemaligen Verein spielen würden. Er kannte dort offenbar noch ein paar Leute, die er mobilisierte.

Wir waren irgendwann beide von den zahlreichen Telefonaten erschöpft. Tex schenkte uns noch einmal Schnaps nach.

»Bett?«

Zustimmendes Nicken von mir. In dieser Nacht hatten wir keinen Sex. Beide schliefen wir unruhig. Gegen 4:00 Uhr musste ich zur Toilette. So richtig konnte ich nicht wieder einschlafen. Zu viele Gedanken gingen mir durch den Kopf.

Wie würde die Mannschaft reagieren? Wie sollten wir die Pressekonferenz aufziehen? Was würde noch auf uns zukommen? Wie würden die Fans reagieren?

Um 6:00 Uhr klingelte uns der Wecker unbarmherzig aus dem Schlaf. Schließlich war um 8:00 Uhr bereits der Termin mit dem Pressefuzzi angesetzt und um 10:00 Uhr Training.

Nach einer Katzenwäsche, einem Kaffee und einem eher kleinen Frühstück, denn wir hatten beide keinen Appetit, machten wir uns auf den Weg zum Verein.

Schon 20 Minuten vor dem Termin betraten wir das Gebäude. Fans hatten sich noch nicht eingefunden, denn wie sollten die auch ahnen, dass wir heute früher kommen würden?

Wir liefen zum Büro von Tobias Oppermann. Die Bürotür stand offen und er war schon vor Ort.

»Morgen, Jungs! Kommt rein!«

Wie Schuljungen betraten wir sein Büro und blieben nervös vor ihm stehen. Er begrüßte uns mit Handschlag, dann setzten wir uns an seinen Besprechungstisch.

»Dann mal raus mit der Sprache. Wollt ihr wechseln? Ich habe keine Ahnung, warum dieser Termin angesetzt ist.«

Entgegen meinem Willen musste ich kichern.

Das schien auch bei Tex zu einer gewissen Lockerung zu führen.

Und es war tatsächlich er, der Tobias Oppermann dann von den Ereignissen des letzten Tages erzählte. Ich beobachtete und horchte auf seine Worte.

Nervös rieb er sich teilweise bei seiner Erzählung die Hände.

»Holy Shit!«, kam es von Oppermann, als Tex geendet hatte.

»Und Sie sollen uns jetzt auf die Meute der Presse vorbereiten.«

»Und das alles in zwei Stunden«, murmelte er in seinen Bart, schaute auf die Uhr und korrigierte sich. »Zwei Stunden und fünf Minuten.«

Immerhin waren wir zu früh gekommen.

Als wir um 9:50 Uhr sein Büro verließen, um uns für das Training umzuziehen, waren wir völlig platt. Die Fülle der Informationen, die reichhaltigen Tricks der Presse, und die Dreistigkeit, mit der sie unsere Familien und Freunde angehen würde, hatte uns im wahrsten Sinn des Wortes geschafft.

Doch der Marathon ging noch weiter. Statt zum Training wurden wir in den großen Konferenzraum gebeten.

Vorstand und Spieler waren anwesend, ebenso Tobias Oppermann.

Günter Flamm hatte uns noch zuvor kurz zur Seite genommen.

»Habt ihr eine Entscheidung getroffen?«

»Wir machen das proaktiv. Wir gehen an die Presse«, hatte Tex mit fester Stimme gesagt.

»Gut. Dann verkünden wir das jetzt so.«

Flamm eröffnete seine Rede mit einem Morgengruß.

»Vielleicht ist es kein guter Morgen mehr, wenn ich fertig bin.«

Er blickte in die Runde. Einige stöhnten auf.

»Daniel und Felix werden sich noch diese Woche der Presse zum Fraß vorwerfen. Es hat gewisse Entwicklungen gegeben, die wir nicht mehr rückgängig machen können. Daher ist es besser, wenn wir einer Veröffentlichung zuvorkommen. Das hat auch Auswirkungen auf die Mannschaft, daher heute früh diese Besprechung.

Zum ersten: Die Presse wird auch euch fressen. Alle. Sie werden euch fragen, ob sich Daniel und Felix je an euch vergangen haben, sie werden wissen wollen, ob sie es je in der Dusche getrieben haben …«

Felix und ich wurden rot.

»… sie werden wissen wollen, ob ihr es wisst und wie die Mannschaft damit umgeht. Außerdem müssen wir an das Spiel am Sonntag denken.

Da werden die Fans das letzte Wort haben. Wir haben zwar in den vergangenen Wochen mit unserer Kampagne hoffentlich ein bisschen an Boden gut gemacht, aber wir dürfen uns nicht täuschen. Einzeln heucheln die Fans noch Toleranz, doch in der Gruppe wird daraus ganz schnell eine Lawine, der nicht mehr aufzuhalten ist. Der gemeine Fan ist nämlich dummerweise ein Rudeltier. Und wenn da nur einer blöd zuckt, ziehen die anderen mit. Außerdem werden wir noch in dieser Woche«, dabei blickte er Oppermann an, »die Vorsitzenden der Fanclubs anrufen und sie vorwarnen. Wir drohen ihnen mit dem Entzug der Dauerkarten, wenn da auch nur irgendeiner komisch guckt.«

Nikolas meldete sich.

»Ich wollte nur mitteilen, ich bin bereit! Wir ziehen das durch. Für Daniel und Felix. Für das Team!«

Applaus brandete auf.

»Nehmt das nicht auf die leichte Schulter. Ich bin mir bewusst, dass das am Sonntag nicht einfach wird. Immerhin sind die Nord-Bayern kein so schwieriger Gegner. Aber trotzdem … die Sponsoren muss ich auch noch anrufen.«

Er fuhr sich über das Gesicht und man merkte ihm an, dass der letzte Satz eher eine Erinnerung an ihn selbst war, als eine Information für uns.

»Bitte lasst euch noch von Tobi Oppermann einweisen. Er erzählt euch, wie wir mit der Presse umgehen. Am Donnerstag laden wir zur Pressekonferenz. Da müssen dann Daniel und Felix vor die Kameras. Außerdem hätte ich gerne Clemens und Hans-Peter dabei.«

Er blickte sich im Raum um.

»Fällt euch noch jemand ein, der unbedingt mit dabei sein muss?«

Leises Gemurmel im Raum.

»Marius als Kapitän sollte auch dabei sein.«

»Richtig.«

Marius nickte und sagte sofort zu.

»Marius wird für die Mannschaft sprechen. Darüber, wie lange es die Mannschaft schon weiß und sie sie damit umgehen.«

Wieder ein Nicken.

»Bis Donnerstag geht kein Sterbenswörtchen hiervon nach draußen. Haben wir uns da verstanden?«

Einhellige Zustimmung.

»Wann geht die Einladung zur Pressekonferenz raus?«, wollte Marius wissen.

»Frühestens Mittwochabend. Wir wollen nicht zu viel Staub aufwirbeln.«

»Und wann wird die PK am Donnerstag stattfinden?«

»9:00 Uhr. Vor dem Vormittagstraining. Das wird nicht öffentlich sein.«

»Könnten wir das nicht öffentlich machen?«, kam es dann von Tex selbst. »Dann sehen wir schon mal, wie die Stimmung unter den anwesenden Fans ist. Ein Probelauf sozusagen.«

»Wäre noch zu überlegen.«

Die Sitzung wurde beendet und viele unserer Kollegen schlugen uns aufmunternd auf die Schultern.

Leutrim und Marius wünschten uns alles Gute und versicherten uns ihrer Solidarität. Auch Tobi Bergmann und Jonas Frisch wünschten uns viel Kraft. Nikolas und Alex machten weniger Worte. Sie schlugen lediglich mit uns ein.

»So, raus auf den Platz!«, mahnte uns unser Trainer und wir folgten seiner Anordnung.

Das Training erschien heute besonders hart. Aber das lag vielleicht auch daran, dass wir bereits über zwei Stunden in zwei Besprechungen gesessen hatten.

»Ich will, dass ihr am Sonntag alles gebt! Es soll uns niemand vorwerfen können, dass wir Schwäche zeigen. Felix ist ohnehin gesetzt, Daniel wird definitiv in der Startelf stehen und auch die 90 Minuten durchspielen, wenn nichts Unvorhergesehenes passiert.«

Die Mittagspause fühlte sich an wie die Ruhe vor dem Sturm. Doch als wir abends nach Hause fuhren, war die Überraschung groß.

»Ich muss noch bei mir ein paar Sachen holen«, sagte Tex auf dem Heimweg. »Danach würde ich aber gerne wieder zu dir fahren. In deinem Haus fühle ich mich zur Zeit irgendwie wohler.«

Ich parkte also vor dem Haus, in dem Tex wohnte. Wir liefen gemeinsam auf seine Haustür zu.

Davor stand eine dunkelhaarige großgewachsene Frau. Und als wir näherkamen, drehte sie sich um.

Tex hatte sie offenbar noch nicht wahrgenommen. Er wurde erst aufmerksam, als sie seinen Namen aussprach.

Konsterniert blieb er stehen.

»Guten Abend, Mutter!«

Kapitel 9

»Felix, ich …«

»Du wolltest offenbar zu mir? Hat Vater dich vorgeschickt, um mich zur Vernunft zu bringen?«

»Nein, ich … er weiß gar nicht, dass ich hier bin. Er ist auf Geschäftsreise.«

Ihr Blick fiel auf mich. Kühl. Berechnend. Denkend. Grübelnd.

»Und Sie sind wohl …?«

»Ah ja … Mama, das ist Daniel. Daniel Recker. Mein Freund.«

»Wegen dem …«

»Ganz genau. Mit dem ich glücklich bin. Der mich liebt. Den ich liebe. Und wegen dem ich mich outen werde.«

Ich legte ihm beruhigend eine Hand auf den Arm, denn seine Stimme war bedrohlich lauter geworden.

»Nicht hier draußen. Nicht so laut!«, mahnte ich ihn. »Ab Donnerstag können wir alles machen. Aber heute noch nicht.«

»Du hast Recht.« Er knirschte mit den Zähnen.

»Dann werde ich dich wohl nach oben bitten.«

Er schloss die Haustür auf und ließ seine Mutter hinein. Ich stand etwas unschlüssig daneben. Sollte ich nach Hause fahren?

»Kommst du?«

»Willst du lieber allein …?«

»Nein!«, sagte er energisch. Also betrat ich hinter den beiden das Haus. Als wir die Wohnung erreicht hatten, war Frau Theisendorf sehr zurückhaltend. Sie wartete höflich ab, bis ihr Sohn sie weiter durch bat.

»Nimm Platz, Mama.«

Louisa Theisendorf war eine schlanke, hochgewachsene Dame. Und wenn ich »Dame« dachte, dann war das auch so. Ihr Mantel sah aus, als hatte er einiges gekostet. Ihr restliches Outfit war sicher ebenso nicht billig. Schuhe, Make-up und Frisur zeugten von Geschmack. Sie hatte blonde Haare, die sie zusammengesteckt hatte. Ihr Parfum war weiblich herb.

Ich bog in die Küche ab. Einerseits um den beiden etwas Zeit zu verschaffen. Andererseits wollte ich für Getränke sorgen. Es war nur allzu wahrscheinlich, dass wir alle drei in diesem Gespräch eine trockene Kehle bekommen würden.

Ich nahm also eine große Flasche Wasser, eine Flasche Apfelschorle und drei Gläser und ging langsam wieder ins Wohnzimmer.

»... hübscher junger Mann«, hörte ich sie noch sprechen.

Ich stellte die Flaschen und Gläser auf dem Tisch ab und setzte mich neben Felix.

Das Gespräch stockte, als ich zurück war.

Niemand wollte so recht den Faden wieder aufnehmen.

»Warum bist du gekommen?«, fragte Felix in die Stille.

»Ich wollte ... also ich bin zur Unterstützung ..., wenn du mich brauchst ...«

»Wie lange bleibst du? Ach nein. Falsche Frage. Das hängt wahrscheinlich davon ab, wann dein Ehemann dich nach Hause beordert.«

»Felix, bitte ...« Sie schniefte kurz. »Er ist dein Vater.«

»War! Er war mein Vater. Obwohl, so richtig war er das eigentlich nie. Er war mein Erzeuger, der mich aufgezogen hat.«

»Geschadet hat es dir nicht. Sieh dir an, wo du heute bist.«

»In seinen Augen ein schwuler Versager.«

»Das stimmt doch so nicht, Felix!«

»Ach nein?«

»Beruhige dich, Tex!« Ich streichelte ihm bewusst den Arm, schließlich wollte ich mein Revier abstecken. »Deine Mutter ist immerhin gekommen, um dich zu unterstützen.«

Frau Theisendorf nickte leicht mit dem Kopf und sprach leise einen Dank in meine Richtung.

»Hast du ein Hotel oder so etwas?«, fragte Tex seine Mutter.

»Nein. Ich wollte sehen, ob du mich überhaupt empfängst.«

»Du kannst hier schlafen, wenn du willst, ich kann zu Daniel. Da würde ich eh schlafen.«

»Nein, das ist nicht nötig. Wenn du möchtest, dass ich bleibe, gehe ich in ein Hotel.«

»Dir wird die Presse auf den Leib rücken, das ist dir schon klar, oder? Du wirst ein Statement abgeben müssen. Die Mutter des ersten öffentlich geouteten Bundesliga-Spielers kann nicht nichts sagen. Und im besten Fall würdest du etwas Positives sagen. Und dann wirft Vater dich raus oder lässt sich scheiden.«

»Das ist mir egal«, hauchte sie. »Ich habe … eine Entscheidung getroffen. Ich stehe zu meinem Sohn und das werde ich mir auch von einem Joachim Theisendorf nicht verbieten lassen.«

»Fein, dann … ich besorge dir eine Karte für das Spiel am Sonntag. Und bitte mach dich bereit für die Presse. Überleg dir ein paar nette Sätze zu deinem schwulen Sohn – und zu seinem Freund.«

»Frau Theisendorf, Sie müssen wirklich nicht zu mir etwas sagen, ich …«

»Doch, das muss sie! Wie ernst soll man die Aussagen denn nehmen, wenn sie nichts zu ihrem Schwiegersohn zu sagen hat? Da werden sicher auch Fragen kommen. Wie sie dich findet und solche Sachen!«

Felix war lauter geworden, als er normalerweise sprach.

»Felix, du hast völlig Recht. Daher sollte ich Daniel vielleicht noch ein wenig kennenlernen, oder?«

»Tu dir keinen Zwang an.«

»Wie wäre es, wenn wir morgen Abend essen gehen?«

»Super Idee«, schnaufte Felix seine Mutter an. »Und das ganze Restaurant hört zu, wie du ihn ausfragst, die Bilder sind dann schon vorab in der Presse: Louisa Theisendorf lernt ihren Schwiegersohn kennen.«

»Keine gute Idee, ich sehe schon. Dann … ich könnte für euch kochen?«

»Wenn du das unbedingt möchtest …«

»Ich sehe schon, du möchtest meine Hilfe nicht …«

»So ist das nicht, Mama. Ich habe jahrelang gelitten. Auch jetzt, als ich Vater mal gebraucht hätte. Aber anstatt sich aalglatt, wie er auch sonst ist, hinter seinen Sohn zu stellen und eine flammende Rede zu halten wie in seinen Gerichtssälen, musste ich mir Vorwürfe anhören. Du hast all die Jahre geschwiegen. Und zuletzt die Sache mit Tante Rosemarie hat die Situation auch nicht besser gemacht.«

Der alte Erbstreit war Grund für das letzte Zerwürfnis zwischen Tex und seinem Vater gewesen. Der Vater hatte der eigenen Schwester die Hälfte des Hauses erfolgreich unter dem Arsch weggezogen, was Tex dazu bewegt hatte, die Tante heimlich auszuzahlen. Als Joachim Theisendorf das herausgefunden hatte, stand er hier in Neuenstein ebenso unangekündigt vor Tex Tür, wie nun seine Mutter.

Er hatte ihn aufgefordert, die Zahlungen einzustellen. Allerdings hatte Tex sich nicht nur geweigert, sondern seinem alten Herren auch noch an den Kopf geworfen, dass er schwul ist.

»Kannst du deinen Vater nicht ein bisschen verstehen?«

»Nein! Kann ich nicht! Er hat Tante Rosemarie quasi aus dem Haus geworfen, das er nicht einmal braucht. Das war einfach seine Rache. Für was auch immer.«

»Er hat eben seine Sichtweisen auf die Dinge.«

»Und du? Wie siehst du die Sache?«

»Ich bin hier oder nicht?«

Wir redeten an dem Abend darüber, wie wir uns kennengelernt hatten. Von unserem ersten Urlaub, noch vor meiner ersten Saison, als ich zwei Tage mit Tex zu einem Kurzurlaub auf Mallorca war und auch von unserem Outing vor der Mannschaft. Selbst das Thema »Nikolas« wurde angesprochen. Doch obwohl wir aus unserem Leben erzählten, blieb der Bericht seltsam kühl und distanziert, denn Frau Theisendorf reagierte kaum, hörte aber interessiert zu. Hin und wieder kräuselte sie die Lippen. Dann lächelte sie vorsichtig.

»Ich würde jetzt gern ins Bett«, verkündete Felix irgendwann.

»Ich mache dir das Gästezimmer fertig. Dann würde ich dir einen Schlüssel geben und mit zu Daniel fahren, wenn das für dich in Ordnung ist.«

Da fiel mir ein, dass ich ihn dringend fragen musste oder wollte, ob er nicht zu mir ziehen wollte. Wir waren ohnehin immer beisammen. Ich hatte das schönere Haus mit Garten. Und ab Donnerstag würde keine Geheimhaltung mehr nötig sein.

»Wenn du morgen Abend etwas kochen möchtest, dann kommen wir gerne nach dem Training vorbei. Ein Supermarkt ist …«

Tex berichtete seiner Mutter von den Einkaufsmöglichkeiten, legte ihr den Ersatzschlüssel auf die Kommode und verabschiedete sich mit einer leichten Umarmung.

»Bis morgen, Mama!«

»Gute Nacht, mein Junge! Gute Nacht, Daniel!«

»Gute Nacht, Frau Theisendorf!«

Wir verließen Tex Wohnung und ließen seine Mutter dort zurück. Gähnend stiegen wir ins Auto und fuhren die letzten Kilometer zu mir. Völlig fertig fielen wir beide ins Bett.

Nach dem Training am nächsten Nachmittag war zunächst mein Haus unser Ziel, wo wir unsere Sachen abstellten. Unterwegs kauften wir noch einen Blumenstrauß und fuhren zu Tex Wohnung. Es war für ihn ein komisches Gefühl, quasi als Gast in seine eigene Wohnung zurückzukommen.

Er klingelte brav, schloss aber die Wohnungstür dann mit seinem Schlüssel auf.

»Mama, wir sind da!«, rief er durch die Wohnung.

Frau Theisendorf trat aus der Küche. Sie trug eine von Felix Küchenschürzen.

»Siehst du, deine Mutter schützt sich vor dem spritzenden Fett.«

Er pikste mir in die Seite und ich musste kichern.

»Schön, dass ihr da seid!«

Mit einer leichten Umarmung und einem Küsschen auf die Wange begrüßte Felix seine Mutter. Dann holte er hinter seinem Rücken den Blumenstrauß hervor.

»Als kleine Aufmerksamkeit für die Köchin.«

»Hach, der ist aber schön. Vielen Dank!«

Felix holte eine Vase, stellte die Blumen ins Wasser und trug die Vase zum Esstisch.

»Daniel, ich bräuchte kurz Hilfe in der Küche.«

Ich folgte ihr und sie schloss die Tür. Felix hatte davon nichts mitbekommen. Er musste ohnehin frische Wäsche einpacken und war in sein Schlafzimmer gegangen.

»Ist er glücklich? Mein Sohn? Das ist alles, was ich wissen muss.«

»Schauen Sie ihn doch an, Frau Theisendorf. Sie sollten ihren Sohn gut genug kennen.«

»Wissen Sie, er hatte nie solche Anwandlungen … dass er etwas mit Männern …«

»Aber Freundinnen hat er auch nicht gehabt!«, stellte ich klar.

»Da haben Sie Recht.« Sie schaute zu Boden. »Ich dachte immer, dass sich das noch ergeben würde.«

»Männer interessieren ihn eben mehr.«

»Und wird ihn das alles zerstören? Was meinen Sie? Mein Felix ist eher sensibel bei solchen Dingen. Zurückweisung und Ablehnung … damit kann er schlecht umgehen.«

»Wir haben einen tollen Verein, der hinter uns steht und eine tolle Mannschaft. Wir haben in den letzten Wochen viele Fanclubs besucht und für Toleranz geworben. Das Spiel am Sonntag wird hart, da mache ich mir gar keine Illusionen. Aber wenn wir nicht vorangehen, dann wird sich nie jemand outen. Und glauben sie mir: Es gibt sie! Die anderen Schwulen.«

»Aber warum müsst ausgerechnet ihr …?«

In dem Moment betrat Tex die Küche.

»Was müssen wir …?«

»… die Vorreiter sein für das alles?«

»Mama! Es kommt ohnehin raus. Wir haben uns jemandem anvertraut, der uns nun ans Messer liefert. Und wir wollen lieber aktiv damit an die Presse gehen, als dauernd zu dementieren oder nur zu reagieren. Das ist nicht professionell.«

Sie nickte leicht.

»Ich habe einen Salat gemacht. Mit Pute. So eine Art Cesars Salat. Dazu gibt es Baguette. Ich hoffe, das ist in Ordnung?«

»Danke, Mama!«

Felix nahm Teller und Besteck und deckte den Tisch im Wohnzimmer.

Frau Theisendorf trug den Salat und das Baguette ins Wohnzimmer, ich sorgte für Getränke.

Das Essen verlief größtenteils schweigend.

»Daniel, wollen wir nicht … also Sie sind der Freund meines Sohnes … ich bin Louisa.«

Sie reichte mir die Hand. Das war wohl die Adelung. Daher ergriff ich die dargebotene Hand und teilte ihr mit, was sie ohnehin schon wusste: »Daniel. Freut mich sehr.«

»Daniel, was sagen deine Eltern zu dem Ganzen? Was machen sie beruflich?«

»Mein Vater ist Anwalt, genau wie Felix Vater. Meine Mutter ist Lehrerin. Sie haben schon damals sehr cool reagiert, als ich ihnen von Tex und mir erzählt habe. Und sie werden am Sonntag ebenfalls im Stadion sein. Da werden Sie, äh, da wirst du sie kennenlernen.«

»Wir sollten dich ohnehin vielleicht bei Daniels Eltern parken. Damit du etwas Anschluss hast«, ergänzte Tex.

Schnell griff ich zu meinem Handy und rief meine Eltern an, erklärte ihnen den Sachverhalt und auch, dass wir ihnen Frau Theisendorf zum Spiel an die Seite stellen würden.

»Wir freuen uns sehr auf die Mutter von Felix.«

»Danke, das freut mich«, ließ mich Louisa wissen, nachdem ich die Neuigkeiten mitgeteilt hatte.

»Der Salat war übrigens super!«

Wir einigten uns später noch darauf, dass meine Eltern und Louisa sich noch vor dem Spiel kennenlernen würden. Wir waren jedoch nicht dabei. Meine Eltern hatten Felix Mutter am nächsten Tag zum Abendessen eingeladen.

Felix und ich waren bei mir zu Hause. Gedanklich bereiteten wir uns auf die morgige Pressekonferenz vor. Jeder tat dies auf seine Weise. Felix machte sich Stichpunkte und ich ging das Ganze eher in Gedanken durch.

Wir schliefen miteinander und versicherten uns damit und auch verbal unserer Liebe. Der Sex war zärtlich. Felix nahm mich langsam und genüsslich. Und ich genoss es, ihn in mir zu haben. Und ich genoss es, die Frucht seiner Liebe in mir zu spüren.

»Bereust du es? Den Dreier von damals?«, fragte ich ihn, als ich hinterher auf seiner Brust lag und seine nachwachsende Brustbehaarung kraulte.

»Nein. Das war schon geil.«

»Und die Auswirkungen?«

»Ja und nein. Ich würde es zwar gern geheim halten und wir wissen beide nicht, was kommt, aber irgendwann muss wohl jemand den Anfang machen. Dass es ausgerechnet wir sein müssen … Andererseits haben wir einen tollen Verein, der hinter uns steht. Von unserem Team will ich gar nicht erst reden. Wir hätten es wahrlich schlechter treffen können.«

»Wir gehen in die Geschichte ein. Der Aspekt hat schon auch etwas, oder?«

Er lächelte mich an. »Das stimmt.«

Und dann kam der Tag.

Der Presseraum war bis zum Anschlag gefüllt. Immer wieder hatten wir schon einen Blick durch einen Türspalt geworfen. Es hatte sich offenbar herumgesprochen, dass heute eine große Sache verkündet werden würde.

Gerüchte gab es tatsächlich bisher keine.

Es war abgesprochen, dass der Leiter unserer Presse-Abteilung ein einleitendes Statement abgeben würde. Der Bericht der Fakten allerdings sollte allein bei uns liegen.

Felix und ich waren übereingekommen, dass ich den Anfang machen würde. Danach würde ein kurzes Statement von Felix folgen, dann ein Statement von Marius, schließlich etwas vom Trainer und vom Präsidenten. Dazu die Nachfragen von der Presse. Alles in allem waren zwei Stunden angesetzt.

Um 9:00 Uhr sollte die Pressekonferenz beginnen, das Training danach war für 11:00 Uhr angesetzt. Und es war tatsächlich öffentlich. Man wollte es als eine Art Testlauf nehmen. Die Stimmung unter den Fans erspüren.

»Dann wollen wir mal!«, sagte Tobias Oppermann.

Wir atmeten noch einmal tief durch.

Kapitel 10

»Verehrte Vertreterinnen und Vertreter der Presse, willkommen zu unserer außerordentlichen Pressekonferenz«, begrüßte Tobias Oppermann die Anwesenden zu Beginn.

Das Gemurmel erstarb.

»Sie sind zahlreich erschienen und unserer Einladung gefolgt. Das freut uns sehr, da wir so eine große Bandbreite der Presse erreichen. Ich bin im Vorfeld schon vielfach gefragt worden, worum es sich handelt, und bin dankbar, dass Sie respektiert haben, dass ich dazu nichts gesagt habe. Ihre Vermutung, dass es sich um eine große Sache handelt, entspricht durchaus den Tatsachen.«

Etwas leiser fügte er hinzu: »Auch, wenn es eigentlich keine große Sache sein sollte.«

Dann setzte er in normaler Lautstärke fort:

»Wir sind heute hier zusammen, weil zwei unserer Spieler ein privates Statement abgeben wollen. Ich darf Ihnen kurz mitteilen, dass nach den beiden Statements auch noch unser Kapitän Marius Müller, der Trainer Hans-Peter Dachgruber und der Präsident Günter Flamm sprechen werden. Die Gesamtzeit ist mit maximal zwei Stunden angesetzt. Um 11:00 Uhr haben unsere Jungs ihr Vormittagstraining, das heute um eine Stunde verschoben beginnt. Ich darf Sie bitten, den zeitlichen Rahmen zu respektieren.«

Erneut Gemurmel.

»Dann darf ich das Wort an Daniel Recker übergeben.«

Meine Hände waren feucht. Meine Kehle war trocken. Die Sahara war nichts dagegen. Unter dem Tisch griff ich nach Felix Hand.

Er drückte sie kurz. Ich spürte, dass auch seine Hand schweißnass war.

»Meine sehr verehrten Damen und Herren, vielen Dank Tobias für die Begrüßung«, eröffnete ich mein Statement.

»Und vielen Dank für Ihr Erscheinen! Wie Sie alle wissen, hat unser Verein in den letzten Wochen eine Kampagne für Toleranz gefahren. Wir haben zahlreiche Fanclubs besucht. Und ich muss gestehen, dass ich von so manchen Reaktionen bei diesen Besuchen echt überrascht war. Von einigen Reaktionen war ich, ehrlich gesagt, auch etwas enttäuscht. Wir leben im 21. Jahrhundert. Da sollte man Toleranz auch bei den Fanclubs erwarten können, doch manche sind noch weit im geistigen Hinterland. Aber gut … wir sind uns alle bewusst, dass solch eine Kampagne zu nichts führt, wenn wir keine Taten folgen lassen.«

Ein Raunen ging durch den Raum. Die Ersten konnten sich wahrscheinlich inzwischen denken, worum es ging.

»Deshalb möchte ich heute mit einem Tabu brechen. Und ich tue das Ganze in dem Wissen, meinen Verein, die Führung und die Kollegen hinter mir zu wissen. Das macht es mir leichter, diesen Schritt zu gehen. Ganz offiziell möchte ich Ihnen heute mitteilen, dass ich schwul bin.«

Damit war die Katze aus dem Sack. Das Raunen wurde lauter, Fragen wurden mir entgegengerufen, der Stein auf meinem Herzen polterte fürs Erste mit lautem Krachen hinunter. Felix drückte meine Hand. Und ich hielt ihn fest.

»Das ist aber noch nicht das Einzige.«

Ich hielt unsere beiden Hände in die Höhe. Ein spontaner Einfall.

»Außerdem möchte ich bekannt geben …«

Es kehrte wieder Ruhe ein.

»… dass Felix Theisendorf und ich eine Beziehung führen.«

Diesmal war es gänzlich mit der Ruhe vorbei.

Tobias Oppermann griff ein und läutete eine Glocke, die er vorsorglich dabei hatte.

Als wieder einigermaßen Ruhe eingekehrt war, fuhr ich fort: »Uns ist bewusst, dass dies ein riesiger Schritt ist. Und es wird auch sicher nicht einfach werden. Aber wir wollen unsere Fans und alle anderen durch unser Können auf dem Rasen überzeugen und nicht durch unsere sexuelle Orientierung. Ich möchte hinzufügen, dass wir uns unserer Vorreiterrolle durchaus bewusst sind. Und Ihnen allen dürfte, wenn Sie einigermaßen mathematisch fit sind, bewusst sein, dass wir in der Bundesliga etwa 12 bis 20 Spieler haben, die homosexuell sind. Dabei gehe ich großzügig von 400 Spielern in allen Vereinen aus und lege der Berechnung eine Quote von 3 bis 5% zugrunde. Ich sage nicht, dass sich diese 12 bis 20 Spieler jetzt ebenfalls outen sollen oder werden. Aber wir beide, Felix und ich, wollen mithelfen, dass es für alle anderen Spieler – auch in der Zukunft – leichter wird, zu sich und zur eigenen Sexualität zu stehen. Wir sind beide sehr dankbar, dass wir in einem Verein sind, der hinter uns steht. Vom Präsidenten über den Trainerstab bis hin zur Mannschaft. Übrigens sind die Spieler bereits seit gut zwei Jahren informiert. Nach anfänglichem Zögern haben es die Spieler akzeptiert und mitgetragen. Es ist ja völlig klar, dass es auch für die Mannschaft etwas Neues war. Auch die besondere Situation, dass es sich nicht nur um einen Spieler handelt, sondern um zwei, die sogar ein Paar sind. Wir wurden als solches in den letzten zwei Jahren immer akzeptiert. Dafür bin ich sehr dankbar. Auch unserem Präsidenten und unserem Trainer, die ebenfalls schon lange Bescheid wissen, die sich für uns eingesetzt haben, die die Kampagne gestartet haben und uns damit frühzeitig den Weg geebnet haben, sei ausdrücklich gedankt.«

Das Glas Wasser vor mir trank ich in einem Zug leer.

»Dann darf ich Felix um sein Statement bitten.«

»Ich möchte den Worten von Daniel gar nicht mehr viel hinzufügen. Auch ich bedanke mich für die Unterstützung im Verein. Mannschaft, Trainer und Vorstand haben uns bestmöglich auf den heutigen Tag vorbereitet. Ich möchte allerdings auch Daniel danken, der mir gezeigt hat und mich gelehrt hat, zu mir zu stehen. Allein wäre ich nicht so mutig gewesen. Daniel war immer der Stärkere von uns beiden und ich bin ihm dankbar, dass er nicht locker gelassen hat. Ein Leben ohne ihn kann ich mir nicht mehr vorstellen. Ich liebe dich, Daniel!«

Applaus setzte ein. Erst zögerlich. Dann von beinahe allen anwesenden Journalisten.

Als es wieder ruhiger wurde, setzte Tex noch etwas nach.

»Uns beiden ist bewusst, dass es nicht einfach werden wird. Aber wir werden weiterhin auf dem Platz unser Bestes geben. Wir werden uns am Sonntag den Fans stellen und hoffen sehr, dass diese auch in Zukunft hinter uns stehen.«

»Danke, Felix! Dann bitte ich Marius um seinen Beitrag.«

»Als Kapitän von Neuenstein möchte ich zum Ausdruck bringen, dass ich sehr stolz bin, Kapitän dieser Mannschaft zu sein. Man muss einfach sagen, dass Tex und Daniel mit diesem Schritt in die Geschichte eingehen werden. Dass sie den Mut dazu hatten, liegt auch daran, weil wir Spieler zu 100 % hinter den beiden stehen. Ich kann da wirklich für jeden die Hand ins Feuer legen. Auch die Vereinsführung hat in den letzten Jahren immer wieder deutlich gemacht, dass sie voll hinter den beiden steht. Es war für uns dennoch anfangs eine Situation, die ganz neu war. Die Spieler, die nach dem Outing der beiden dazu gekommen sind, haben eine Situation vorgefunden, mit der sie zurechtkommen mussten. Es war einfach gesetzt. Anfangs wussten einige vielleicht nicht so ganz, wie sie jetzt mit Daniel und Tex umgehen sollten. Aber das hat sich gelegt. Es gibt hin und wieder blöde Sprüche und Witze. Aber Felix und Daniel wissen, wie es gemeint ist. Da ist keine Feindseligkeit in den Witzen. Übrigens duschen wir auch noch immer alle zusammen.«

Diesmal ging ein amüsiertes Lachen durch den Raum.

»Ich wiederhole es und bekräftige es: Ich bin stolz auf Daniel und Tex und ich bin stolz, in dieser Mannschaft zu spielen und ihr Kapitän zu sein! Danke!«

Dann wurde dem Trainer das Wort erteilt.

»Ich möchte mich als Trainer eigentlich kurzfassen. Ich suche mir den Kader und die Aufstellung nicht nach der sexuellen Orientierung aus, sondern nach Leistung und Können. Sowohl Daniel als auch Felix haben in den letzten Jahren ihre Leistungen gezeigt. Natürlich hat auch jeder einmal einen schlechten Tag. Das will ich gar nicht verhehlen. Jedoch möchte ich betonen, dass die Leistung der Jungs nie darunter gelitten hat, dass sie schwul sind. Seit ihrem Outing innerhalb der Mannschaft sind sie genauso ein fester Bestandteil des Teams wie vorher auch. Ich wünsche den beiden den Respekt der Fans und bin sehr froh und dankbar, dass wir innerhalb des Teams eine Atmosphäre haben, die den beiden das Outing ermöglicht und erleichtert hat. Vielen Dank!«

»Und damit hat das letzte Wort unser Präsident, Günter Flamm. Bitteschön.«

»Meine sehr verehrten Damen und Herren, als Präsident des Vereins FC Neuenstein ist es meine oberste Pflicht, zum Wohle des Vereins zu handeln. Das schließt das finanzielle Wohl mit ein, aber auch das Wohl jedes einzelnen Spielers. Ich habe daher keine Minute gezögert, für dieses Wohl von Daniel und Felix zu kämpfen. Wir haben unzählige Telefonate mit Sponsoren und auch mit Fanclubs geführt, wir haben die Fanclubs besucht und für Toleranz geworben. Ist Ihnen eigentlich bewusst, unter welch einer Situation ein homosexueller Spieler zu leiden hat? Ich wollte das den beiden ersparen und ich hoffe, Daniel und Felix werden Vorkämpfer für jeden anderen schwulen Spieler in der Bundesliga, aber auch in der 2. Liga und in allen Vereinen in den Regionalligen. Auch dort ist Homosexualität im Fußball noch immer verpönt. Ich möchte eindringlich zum Ausdruck bringen, dass mir das psychische und das physische Wohl unserer Spieler wichtiger ist als der finanzielle Gewinn. Aber im Großen und Ganzen kann ich ihnen mitteilen, dass keiner unserer Sponsoren abspringen wird. Es wäre auch ein fatales Zeichen für die Öffentlichkeit, und mit dieser Publicity kann sich wohl kein Unternehmen schmücken. Was mich zum physischen und psychischen Wohl unserer Spieler bringt: Ich bitte eindringlich alle Fans des FC Neuenstein um Toleranz. Aber auch alle Fans der gegnerischen Mannschaften bitte ich darum, unsere Spieler nicht aufgrund ihrer Sexualität in den Stadien zu diffamieren. Für uns kann ich sagen, dass wir Fanclubs die Dauerkarten entziehen werden, wenn beim Spiel am Sonntag oder danach irgendwelche homophoben Spruchbänder erscheinen, wenn die Spieler ausgepfiffen werden oder wenn ihnen gar körperliche Gewalt angedroht wird. Das geht gar nicht! Mir ist bewusst, dass Fußball auch ein ruppiger Sport ist und dass da auch Emotionen mitspielen. Es darf aber nie jemand ausgegrenzt oder diffamiert werden. Die Älteren unter Ihnen erinnern sich noch an die Diskriminierung der ersten dunkelhäutigen Spieler und wie sie hier in den Stadien behandelt worden sind. Bis auf wenige Ausnahmen in der letzten Zeit hat sich das, Gott sei Dank, irgendwann erledigt. So wird das hoffentlich auch eines Tages mit dem Thema Homosexualität sein.

Ich bin mir auch bewusst, dass am Sonntag nicht alles Friede, Freude, Eierkuchen sein wird. Aber ein bestimmtes Maß darf nicht überschritten werden. Ich möchte ausdrücklich noch einmal Daniel und Felix zu ihrem Schritt gratulieren. Ich glaube, es war gut und wichtig für den gesamten Fußball, diesen Schritt zu gehen. Heute ist es noch ungewöhnlich, aber dank der beiden wird es schon bald normal sein oder normaler werden, dass ein Fußballer sich outet.

Ich bin stolz auf die zwei und wünsche ihnen sportlich, aber auch persönlich und privat alles Gute!«

Dann begann das Gemurmel und die Fragen prasselten auf uns ein. Tobias Oppermann bat, auch mit Hilfe seiner Glocke, um Ruhe und koordinierte die Fragen.

»Werdet ihr auch heiraten?«, war die erste Frage, die uns gestellt wurde.

»Eine Hochzeit ist derzeit nicht geplant, aber man soll nie nie sagen.« Tex schmunzelte bei seiner Antwort.

»Werdet ihr zusammenziehen?«

Diesmal ergriff ich das Wort.

»Eigentlich wollte ich diese Frage gestern Abend noch mit Felix klären. Aber irgendwie hatten wir beide wohl anderes im Kopf. Wir verbringen ohnehin schon viel Zeit zusammen. Meistens in meinem Haus. Und da es auch Felix dort recht gut gefällt, wollte ich ihn fragen, ob er bei mir einziehen möchte. Aber eine Antwort darauf kann ich Ihnen leider noch nicht mitteilen.«

Ich grinste ihn frech an.

»Ja, ich glaube, wir werden zusammenziehen«, bestätige Felix dann auch. »Ich habe mir die gleichen Gedanken gemacht und nach dem heutigen Tag ist es ohnehin kein Problem mehr. Ab jetzt kann es uns egal sein, was die Nachbarn denken.«

»An dieser Stelle grüße ich meine Nachbarn sehr herzlich! Rainer, Becky und Thomas, der übrigens ein Fan von uns ist.«

»Was sagen Ihre Eltern zu ihrem Outing? Werden Sie unterstützt?«

»Das ist eine interessante Frage«, grätschte Tex ein, bevor ich antworten konnte. Ich hatte schon zu einer Antwort angesetzt. Damit wollte ich ihn auch aus der Schusslinie nehmen.

»Die Eltern von Daniel stehen ganz klar hinter uns. Ich bin sehr froh, solche Schwiegereltern«, dabei machte er Anführungsstriche in die Luft, »zu haben. Sie haben uns von der ersten Minute der Beziehung und nach dem Outing unterstützt. Mit meiner Mutter verbringen wir gerade ein paar Tage hier in Neuenstein. Sie ist ebenfalls gekommen, um mich … uns zu unterstützen. Mein Vater hingegen will von alledem nichts wissen. Es gibt ohnehin einen alten Streit in der Familie, in dem er mir meine Meinung nicht zugesteht. Aber als ich ihm gesagt habe, dass ich schwul bin, da ist der Kontakt endgültig abgebrochen.

Ich sage das sehr deutlich und offen hier an dieser Stelle, weil ich jedem Schwulen Mut machen möchte, dessen Eltern sich ebenfalls von ihm oder von ihr abgewandt haben. Nicht jeder hat das Glück, finanziell unabhängig zu sein. Daher möchte ich … und das kommt jetzt sehr spontan, denn ich habe es mir gerade eben überlegt, als Sie die Frage gestellt haben, eine Stiftung gründen. Ich möchte helfen, dass homosexuelle Jugendliche, die von ihren Familien nicht unterstützt werden, die verstoßen worden sind, Hilfe bekommen. Dazu werde ich in den nächsten Tagen eine Summe in eine noch zu gründende Stiftung einzahlen und hoffe auf viele weitere Spenden. Vielleicht und gerade auch von solchen Eltern, die die Homosexualität ihres Kindes unterstützen.«

»Glauben Sie, dass Ihr Vater heute zuschaut?«, fragte die Journalistin nach.

»Ich glaube nicht. Er wird, wie üblich, keine Zeit haben. Andere Dinge waren ihm immer wichtiger. Außer natürlich meine Karriere. Die hat er immer befördert. Ob er mich auch geliebt hat …?«

Tex rollte eine einzelne Träne über das Gesicht. Ich musste jetzt von ihm ablenken.

»Ich finde das mit der Stiftung eine tolle Idee. Und ohne Zweifel werde ich mich an der Stiftung finanziell beteiligen und auch meine Ideen und Kreativität einbringen.«

»Margarete Steiger bitte …«, rief Tobias Oppermann die nächste Journalistin auf.

»Haben Sie Angst vor den Reaktionen beim nächsten Spiel?«

»Ich darf vielleicht für uns beide antworten«, ging Tex in die Antwort hinein, »wir haben, vorsichtig gesagt, Respekt. Angst wäre übertrieben. Aber ohne den Rückhalt der Fans wird es natürlich schwierig. Oder sagen wir anders: Wenn uns zu viel Gegenwind entgegen bläst, lässt die Kraft irgendwann nach und dann sinkt die Leistung. Wir beide hoffen, dass das nicht der Fall sein wird. Und wir haben überhaupt keine Ahnung, wie wir das am Sonntag einschätzen sollen, hoffen aber, dass die meisten hinter uns stehen und das auch zeigen.«

»War eine Fake-Freundin jemals eine Möglichkeit, die Sie in Betracht gezogen haben?«

»Nein!«, sagten wir beide unisono.

»Warum haben Sie diesen Zeitpunkt für ihr Outing gewählt?«

Jetzt war ich wohl mal wieder dran.

»Zum einen hatten wir eine gute Vorbereitung durch den Verein und die Kampagne, die nun weitgehend abgeschlossen war, zum anderen wollten Tex und ich es nicht mehr geheim halten. Und zum dritten«, ich schaute ihn an und er nickte leicht. Es würde ohnehin raus kommen, »waren wir ein wenig unvorsichtig. Ein Spieler, der seine Karriere wegen einer Verletzung beenden musste und nun mit einem Aktivisten der Homoszene zusammen ist, wusste von uns. Er war drauf und dran, uns zu outen. Ich nenne das bewusst keine Erpressung. Aber sagen wir einmal, er hat uns ein wenig im Zeitablauf herumgepfuscht. Unser Outing wäre ohnehin erfolgt, weil wir beide es wollten und weil wir beide etwas nicht mehr wollten: nämlich das Versteckspiel. Ich möchte mich nicht jedes Mal fragen müssen, was die Nachbarn wohl denken, wenn Felix bei mir ein und aus geht. Der Zeitpunkt war also vorsichtig gesagt nicht ganz freiwillig, das Ergebnis aber schon. Und vielleicht war der äußere Anstoß auch doch gut so, denn wann ist schon der richtige Zeitpunkt?«

»Heißt das, er wusste von Ihnen, weil …?«

Die Frage blieb offen.

»… weil er bei uns im Verein eine Zeit lang das Probetraining mitgemacht hat, aber nicht genommen wurde.«

»… also ein Racheakt, dass er Sie erpresst hat?«

»So würde ich das nicht sagen. Er ist durch die Verletzung eher etwas verbittert und musste mit seiner Wut irgendwo hin. An dieser Stelle grüßen wir Patrick sehr herzlich!«

Ich grinste in die Kameras.

»Sind Sie sauer auf ihn?«

»Nein. Im Gegenteil. Ich glaube, wir sind dankbar, dass er uns etwas angeschubst hat.«

»Darf ich Sie dann alle bitten, zum Ende zu kommen!«, mahnte Tobias Oppermann.

Mir wurde schwindelig bei dem Gedanken, dass schon zwei Stunden um sein sollten. Verstohlen blickte ich auf meine Uhr.

10:30 Uhr. Also wollte uns Tobi offenbar noch Zeit zum Verschnaufen geben, bevor wir ins Training gingen.

»Dann danken wir nochmals herzlich für Ihr Kommen und wünschen frohes Arbeiten an den Artikeln. Vielen Dank!«

Mit einem Grinsen erhob sich Oppermann, denn er wusste genau, welche Arbeit jetzt auf die Journalisten zukam. Auch alle anderen auf dem Podium erhoben sich.

»Kann ich bitte ein Autogramm bekommen?«, schallte eine laute sonore Stimme durch den Raum.

Es war einer der erfahrensten und ältesten Journalisten, die wir im Sportbereich kannten.

»Ich sammele normalerweise keine Autogramme, aber von den ersten beiden offen geouteten Spielern hätte ich gerne welche.«

Er hielt uns ein weißes Blatt Papier hin und Felix und ich unterschrieben.

Weitere Autogrammwünsche folgten. Dann verließen wir endgültig den Presse-Raum.

Mein Handy hatte unzählige Male gebrummt. Ich zog es also aus der Tasche und warf einen schnellen Blick darauf. Eine Nachricht erregte meine Aufmerksamkeit.

»Du wurdest zur Gruppe Fußball-Freunde Lensing hinzugefügt«, las ich da. Der erste Satz in dem Gruppenchat ließ mein Blut gefrieren.

»Wir sind unglaublich enttäuscht von dir …«, musste ich da lesen.

Kapitel 11

Als ich aber weiter durch den Chat las, wusste ich, dass das nur der Anfang war.

»… dass du uns nicht früher informiert hast.«

»Glückwunsch zum Outing!«

»Wir freuen uns auf Sonntag und werden Flagge zeigen!«

»Respekt, Alter!«

Diese und viele andere Aussagen konnte ich dort lesen.

Froh und erleichtert war ich nach dem ersten Schock und zeigte Tex die Nachrichten. Er lächelte mich an, blieb stehen und zog mich zu sich in einen Kuss.

Dass er sich das mal so offensiv trauen würde …

»Und? Herr Oppermann, was sagen Sie? Wie lief es?«, fragte Tex, als er sich wieder von meinen Lippen gelöst hatte.

Der grinste uns an. »Wenn ich euch so sehe, dann hat es sich schon gelohnt. War super!«

Wir gingen weiter und kamen in die Kabine. Dort wurden wir vom Applaus der Mannschaft begrüßt. Ein großer Fernseher war aufgebaut. Man hörte die ersten Reaktionen. Journalisten verschiedener Fernsehsender sprachen ihre Kommentare direkt vor dem Gelände in die Kamera.

»… füllt sich der Trainingsplatz vom FC Neuenstein. Alle sind nun gespannt darauf, wie das erste öffentliche Training nach dem Outing der beiden Spieler Daniel Recker und Felix Theisendorf verlaufen wird.«

»Jungs, das habt ihr gut gemacht!«

Einer nach dem andern kam und klatschte mit uns ab. Auch Nikolas war dabei.

»Daumen hoch! Echt supersouverän! Das muss einfach gut gehen!« Wir umarmten uns.

»So ... dann mal raus, Jungs. Lasst uns schauen, wie unsere zwei Helden draußen ankommen!«

Wir wollten nicht unbedingt die Ersten sein. Also ließen wir einigen aus der Mannschaft den Vortritt beim Betreten des Trainingsplatzes.

Aber auch wir mussten irgendwann raus. Einen Kuss später schnappten wir uns von einem Security-Mitarbeiter einen hingehaltenen Stift, trabten auf den Rasen und liefen auf die andere Seite zu den Fans. Teilweise setzte Applaus ein, es gab aber auch Pfiffe. Es war nicht klar, ob eine Seite die Oberhand gewinnen konnte. Klar war jedenfalls, dass niemand unser Autogramm verweigerte. Dort, wo wir jeweils standen, gab es keine Ablehnung. Das typische Bild: Einzeln und wenn man mit ihnen redete, waren die Menschen in Ordnung, aber in der anonymen Masse erlaubten sie sich Pfiffe.

Ein bereits angetrunkener Fan polterte ein »Schwuchtel« heraus und er spuckte auf den Boden.

»Ey! Geh nach Hause. So etwas wie dich brauchen wir nicht«, sprach ein weiblicher Fan den etwas dicklichen Mann an.

Nach einem kurzen verbalen Schlagabtausch trollte sich der Mann und verschwand.

Selfies mit den ersten geouteten Spielern waren ebenso begehrt wie Autogramme. Natürlich hatten wir nie die Autogramme und Bilder gezählt. Aber heute waren wir sehr begehrt. Ansonsten blieb es ruhig und normal.

Beim Training bekam Tex ein paar Pfiffe ab, als er einen Ball von Perry ins Netz gehen ließ. Und als ich einen Ball an Nikolas verlor, wurden ebenfalls Pfiffe laut. Aber das war vermutlich normal. Wir waren weit weg von den Fans und jeder konnte wieder in der anonymen Masse untertauchen.

Im Großen und Ganzen verlief das Training von unserer Seite normal.

Irgendwann bemerkten wir allerdings, dass am Rand unter den Fans eine Art Tumult einsetzte. Unsere Sicherheitskräfte waren bereits auf dem Weg dahin und es wurden einzelne Leute herausgezogen und offenbar des Geländes verwiesen.

Als nach gut einer Stunde das Training beendet wurde, gingen einige der Spieler nochmals zu den Fans. Da es ein warmer Tag war, bestand keine

Gefahr, sich zu erkälten. Als wir ein wenig aufgeräumt hatten, gingen auch Felix und ich noch mal an den Zaun.

Die Reihen hatten sich zwar schon gelichtet, aber wegen der aktuellen Ereignisse waren dennoch viele länger geblieben als normal.

Mir wurde ein Stift gereicht und ich machte mich daran, nochmals Autogramme zu geben.

Ein junger Mann, den ich einigermaßen auf mein Alter schätzte, raunte mir ein »Danke« zu, als ich sein Trikot unterschrieb. »Auch für euer Outing«, schob er nach. Ich sah ihm einen Moment in die Augen und erkannte dort viele Emotionen. Von Heldenverehrung, über Dankbarkeit für das Outing bis hin zu einer gewissen Ablehnung aus seinem Umfeld konnte ich vieles in seinem Gesicht lesen.

»Stay strong!«, sagte ich zu ihm noch und zwinkerte ihm zu, bevor ich mich dem nächsten Fan widmete.

Das alles verlief viel zu ruhig. Ich hatte mit mehr Gegenwind gerechnet.

Wir machten uns irgendwann auf den Weg nach drinnen, duschten uns und gingen zum Mittagessen. Mein Handy hatte ich bewusst nicht angeschaut. Zeit zur Beantwortung irgendwelcher Nachrichten würde ich ohnehin nicht haben.

Das Gesprächsthema beim Essen war natürlich die Pressekonferenz. Die einhellige Meinung war, dass wir das sehr souverän bestritten hatten.

Das Training am Nachmittag war zäh und als wir endlich das Gelände verließen, hatte ich über 30 Anrufe in Abwesenheit, unzählige Nachrichten und Mitteilungen von Instagram.

Schnell machte ich von Tex und mir ein Bild im Auto und lud es auf den diversen Plattformen hoch.

»Ab nach Hause! Danke für eure Unterstützung«, schrieb ich als Kommentar dazu.

Der Abend war geprägt von zahllosen Telefonaten und dem Beantworten unendlich vieler Nachrichten. Aus meinem Umfeld waren erfreulicherweise nur positive Rückmeldungen dabei. In den sozialen Medien hingegen gab es natürlich einen Shitstorm.

»Schwuchtel«, »Verpiss dich aus dem Verein!«, »Schwanz-Lutscher« und andere Nettigkeiten hatten ihren Weg auf meine diversen Profile gefunden.

Aber es waren auch viele bestärkende Nachrichten, Kommentare und Likes dabei. Ich hatte nicht gezählt, aber die Bilanz, die sich mir ins Bewusstsein schob, war ausgeglichen zwischen Ablehnung und Unterstützung.

Aber das konnte auch täuschen.

Felix Mutter hatte uns wieder ein Abendessen gekocht, jedoch aßen wir eher nebenbei. Statt uns auf das leckere Essen zu konzentrieren, telefonierten wir weiter.

Irgendwann klingelte es an Tex Tür. Ich war sehr überrascht, dass meine Eltern davor standen. Ich hatte ihnen mal Felix Anschrift gesagt, falls etwas passiert. Für überbehütende Mütter. Erwartet hatten wir sie heute nicht. Wir wussten, dass wir viel zu tun haben würden.

Sie umarmten mich, gratulierten mir, und auch Tex wurde mit einer Umarmung begrüßt.

»Nun also noch einmal ganz offiziell willkommen in der Familie, Felix!« Mein Vater sprach das Offensichtliche aus.

Dann beschnupperten sich Felix Mutter und meine Eltern, während wir noch immer an unseren Handys saßen. Es war vielleicht ganz gut so, dass sie sich ohne unser Dazwischenfunken kennenlernen konnten.

Von Mario bis hin zu meinem ehemaligen Trainer Jan waren alle möglichen Leute in der Anrufliste. Selbst meine Oma meldete sich. Diesmal aus Neuseeland.

»Da habt ihr eure Gefühle und eure Beziehung ja ganz schön ins Flutlicht gerückt«, hatte Oma mir, wie immer in einem treffenden Bildwort, auf die Mailbox gesprochen.

»Ich drücke euch aus der Ferne alle Daumen.«

Mein ehemaliger Trainer Jan hatte die Mannschaft vorab informiert und alle hatten zugesagt, am Sonntag ins Stadion zu kommen. Fuck! Da musste ich mich dringend um Karten bemühen.

Mario hatte zugesagt, mit seiner Freundin Sanni zu kommen. Diese wollte noch ihren Bruder Florian mitbringen. Also noch einmal drei Karten.

In Gedanken machte ich mir eine Strichliste.

Tatsächlich waren auf verschiedenen Kanälen der sozialen Medien auch unterstützende und wertschätzende Nachrichten von Kollegen aus anderen Teams eingegangen, was mich sehr freute.

Unterstützung kam aus allen Regionen der Republik. Über alle Vereinsgrenzen und -farben hinweg. Manche posteten einen Regenbogen am Ende ihrer Nachricht.

Den Shitstorm und die Diskussion unter den Fans konnte das alles aber nicht unterdrücken.

Es blieb offen, wie es im Spiel am Sonntag gegen die zweitsüdlichste Mannschaft laufen würde.

Die nächsten zwei Tage liefen nach dem gleichen Schema ab. Training am Vor- und am Nachmittag. Taktische Schulungen, Vorbereitung auf die Interviews nach dem Spiel. Es war bereits jetzt schon klar, dass Tex und ich vor die Presse gehen sollten. Das musste nach dem Spiel einfach sein. Wir gingen verschiedene mögliche Szenarien durch.

Dabei war die Variante, dass alle Fans gegen uns waren, natürlich für uns beide sehr unliebsam. Aber auch dazu würden wir ein Statement abgeben müssen.

Die Abende verbrachten wir in Tex Wohnung beim Essen mit seiner Mutter und meinen Eltern, nachts schliefen wir in meinem Haus.

»Hey! Schön, euch zu sehen!«, rief Rainer mir zu, als wir am Samstagabend heimkamen und gerade mein Haus betreten wollten.

»Servus, Rainer!«

»Starke Leistung von euch Zweien! Meinen Glückwunsch! Ich werde morgen im Stadion dabei sein. Hab Dienst. Ihr seid also wohl behütet!«

»Das hoffe ich, Rainer! Wie ist die Resonanz bei der Polizei? Bei euch ist ein Outing ja auch nicht ganz ohne, oder?«

»Das stimmt.« Nachdenklich kratzte er sich am Kinn. »Aber bisher klingt es eher positiv als negativ. Also zumindest das, was die Kollegen öffentlich sagen. Was sie denken, weiß ich nicht.«

»Na dann hoffen wir mal, dass es beim Spiel nicht zu Krawallen kommt!«

Er wünschte uns noch alles Gute, dann verschwanden wir im Haus.

»So … lass uns alles noch mal durchgehen. Mario kommt morgen früh und holt die Karten für sich, Sanni und den Verein. Deine Mutter und meine Eltern haben ihre Karten schon.«

Wir wurden unterbrochen, weil es an der Tür klingelte. Ich drehte mich also auf dem Absatz wieder um und öffnete die Tür erneut. Überrascht blickte ich in die Augen von Tex Bruder Maximilian.

»Hey, Schwager!«, begrüßte er mich.

Wir umarmten uns zur Begrüßung. »Schön, dich zu sehen. Wie kommst du hier her?«

»Mama. Sie saß noch mit deinen Eltern in Tex Wohnung zusammen. Sie haben mir die Adresse gegeben. Ich wollte …«

In dem Moment kam Tex um die Ecke.

»Max?!«, sagte er überrascht. Beide fielen sich in die Arme.

»Schön, dass du da bist!«

»Aber sicher! Wenn mein Bruder das wichtigste Spiel seiner Karriere hat, dann bin ich dabei. Vorausgesetzt ich bekomme noch eine Karte von dir.«

Er grübelte.

»Schwierig. Das ist kurzfristig. Aber ich kriege dich schon rein.«

Ich war zwar etwas verwundert, wie er das noch machen wollte, aber unmöglich war es sicher nicht.

»Mario kommt mit uns im Bus mit«, sagte Tex energisch. »Mit der Mannschaft. Und du kriegst seine Karte. Mario lotse ich dann in den Familienblock und wenn da nichts mehr frei ist, setzen wir ihn unten zur Mannschaft.«

»Du spinnst!«, sagte ich.

»Kein Problem! Das kriege ich hin. Unser Busfahrer schuldet mir noch etwas. Und vom Verein kann auch niemand etwas dagegen sagen.«

»Nun komm erst einmal rein! Du schläfst hier?«

»Ich kann auch zu Mama …?«

»Nein. Beschlossen und verkündet! Du bleibst hier!«, sagte ich energisch. Er musste nicht unbedingt in Tex Wohnung zurückfahren, um dort die Nacht unter einem Dach mit seiner Mutter, zu der er ebenfalls kein gutes Verhältnis hatte, zu verbringen.

»Schön, dass du da bist, Max!«

Beide Brüder umarmten sich noch einmal.

An diesem Abend saßen wir noch lange zusammen und redeten.

»Und? Willst du Daniel heiraten?«, fragte Max irgendwann unvermittelt im Gespräch.

»Wenn er mich denn will?«

Dabei grinste Tex schelmisch.

»Aber das ist ja noch Zukunftsmusik, oder nicht?!«

Kapitel 12

Viel zu spät waren wir ins Bett gegangen und viel zu nervös und viel zu früh wachten wir an jenem Sonntag auf. Wir mussten erst nachmittags zum Verein fahren. Es blieb also genügend Zeit, um ausgiebig zu frühstücken. Während des Frühstücks kam Mario, um die Karten abzuholen.

»Äh, Mario«, begann Tex das Gespräch vorsichtig. »Ich hab da ein kleines Attentat auf dich vor.«

»Äh, ja?!«

»Du musst leider deine Karte an meinen Bruder abtreten. Der ist überraschend gekommen.« Er deutete auf seinen Bruder und die beiden gaben sich die Hand. Hilfesuchend schaute Mario danach zu mir. Ich zuckte nur mit den Schultern.

»Aber ich habe da eine andere Möglichkeit für dich. Vielleicht kann sich mein Bruder während des Spiels um deine Freundin kümmern. Uns fehlt jetzt nämlich eine Karte. Und da musst du leider dran glauben.«

Das Entsetzen in seinem Gesicht wurde immer größer, während Tex sich schon kichernd ins Fäustchen lachte.

»Du musst bei uns im Bus mitfahren und womöglich bei der Mannschaft sitzen.«

Jetzt klappte seine Kinnlade runter. Er schaute zwischen mir, Tex und dessen Bruder hin und her. »Bitte?«, krächzte er.

»Es gibt leider keine andere Möglichkeit.« Tex zuckte unschuldig mit den Schultern.

»Du willst, dass ich …?!«

»Wenn du nicht möchtest, frage ich meinen Bruder, aber ich dachte …«

»Du spinnst! Natürlich komme ich … also … wie kannst du denken, dass … Oh Mann, wie soll ich das nur Sanni erklären?«

»Schieb einfach meinen Bruder vor. Oder mich«, grinste Tex ihn an.

»Ich im Bus … am Spielfeldrand … mit der Mannschaft.«

»Du kennst sie doch eh schon alle.«

»Ja, aber an einem Spieltag. Oh mein Gott!!!«

»Sieh es mal so«, setzte ich an, »wir brauchen deine Unterstützung eben ganz nah bei uns!«

»Aber klar, ich … natürlich. Ihr braucht mich! Da kann ich nicht Nein sagen. Gott, ich muss sofort Sanni anrufen. Sie soll herkommen. Sie muss deinen Bruder kennenlernen.«

»Mach das!«

Mario genoss die Reste unseres Frühstücks, sprang wie ein Flummi durch mein Wohnzimmer und telefonierte mit seiner Freundin. Sie kündigte ihr Kommen für die Mittagszeit an.

Rainer klingelte irgendwann, stand in Uniform vor meiner Tür und wünschte nochmals alles Gute. Er müsste jetzt los, sagte er. Ich dankte ihm für seinen Einsatz und seine guten Wünsche.

Die Presse belagerte inzwischen mein Haus, wie ich feststellte. Es waren einige Kamerateams vorbereitet, um unsere Abfahrt festzuhalten. Irgendjemand schien meine Anschrift ausgeplaudert zu haben.

»Soll ich die Vögel da verscheuchen?«, fragte Rainer noch, bevor er ging.

»Nein, das passt schon.« Fröhlich winkte ich den Presseleuten zu und ging wieder ins Haus.

»Die Presse steht inzwischen draußen«, ließ ich verlauten, als ich zurück ins Wohnzimmer kam.

»Das ist nicht verwunderlich«, stöhnte Tex. »Jeder will heute sehen, wie sich das erste schwule Fußballer-Paar auf den Weg zum Spiel macht.«

»Wollen wir früher los als normal? Dann könnten wir ihnen ein Schnippchen schlagen.« Das war eine Idee von Mario.

»Gar nicht so dumm, Herr von Altenberg«, sinnierte ich vor mich hin. »Den Gegner verwirren, antäuschen und zuschlagen.«

»Wir müssen ohnehin da raus, es ist doch also völlig egal«, sagte Tex.

»Aber je früher wir aufbrechen, umso weniger Fernsehsender sind vielleicht da.« Wieder Mario.

Er war schon beim »Wir« angekommen.

»Du willst ja nur früher am Gelände sein.«

Unschuldig grinste er mich an und zuckte mit den Schultern.

Wieder klingelte es an der Tür. Diesmal standen meine Eltern, Felix Mutter und Sanni vor der Tür.

Es war gut, dass Sanni so viel früher da war als geplant, weil Mario sie sofort wieder wegschickte, nachdem er sie Max vorgestellt hatte. Sie musste statt Mario die Karten für meinen ehemaligen Verein zu den Jungs bringen. Bereitwillig übernahm sie die Aufgabe.

Meine Eltern und Felix Mutter wollten uns alles Gute wünschen und sich dann bereits auf den Weg ins Stadion machen.

Mario rief noch diverse Leute an und teilte ihnen mit, dass er leider nicht beim Verein sitzen könne, da er mit uns im Bus zum Stadion fahren würde.

Irgendwann war alles geklärt.

Wir saßen stumm im Wohnzimmer. Jeder atmete tief durch.

»Kommt! Machen wir uns auf den Weg!«, beschloss Tex. »Ich kann jetzt diese Warterei auch nicht mehr ertragen. Wir nehmen meinen Wagen, der hat immerhin getönte Scheiben. Außerdem parke ich ohnehin vor deiner Garage.«

Sanni war inzwischen zurückgekehrt und sie und Max machten sich gemeinsam nun auch auf den Weg ins Stadion. Mario, Tex und ich bestiegen den Dienstwagen.

Interessanterweise hatte jemand ein Ei auf die Motorhaube geworfen.

»So eine Schweinerei«, schimpfte Felix. »Wenn ich den Motor anlasse, wird das da gebraten.«

Wider Willen musste ich laut lachen, holte von drinnen eine Gießkanne voll mit Wasser und versuchte, das Ei so gut es ging, von der Motorhaube zu entfernen. Die Kameras der Fernsehsender hatten genügend Zeit, alles zu filmen.

Wir nahmen das Ei zwar mit Humor, verstanden aber durchaus die Botschaft, die dahinter stand. Irgendjemand in meiner Nachbarschaft war wohl nicht ganz so einverstanden mit unserem Outing.

Nach der Entfernung des corpus delicti bestiegen wir den Wagen und Felix fuhr zum Verein. Da es noch früh war, hielt sich die Belagerung an der Tiefgarage noch in Grenzen. Nur vereinzelt standen schon Fans bereit.

Bereitwillig ließ Felix die Scheibe hinunter und ließ sich fotografieren. Einige grinsten schief, als sie uns beide sahen, eine junge Frau gratulierte uns und ein älterer Herr verzichtete auf sein Autogramm, als er sah, dass Felix der Fahrer des Wagens war. Wieder 50:50. Nicht abschätzbar.

Felix parkte das Auto auf seinem Parkplatz und mit Mario im Schlepptau betraten wir die heiligen Hallen. Einige vom Stab waren schon da. Als Erstes steuerte Felix das Büro vom Trainer an, der überrascht aufblickte, weil wir schon so früh dort waren.

»Habt ihr es zu Hause nicht mehr ausgehalten? Verständlich.«

»Hans-Peter, ich hab da eine Bitte. Eigentlich ist es keine Bitte, weil es kein Zurück mehr gibt. Mein Bruder ist überraschend angekommen und somit fehlt mir eine Karte. Da wir jede Unterstützung gebrauchen können, habe ich deshalb Mario hier mit her gebracht. Er ist verschwiegen. Aber er muss mit uns fahren, sonst kommt er nicht mehr rein. Ein Platz am Rand wird für ihn ja wohl frei sein.«

Mario winkte schüchtern hinter Felix hervor.

Eindringlich sah Hans-Peter ihn an.

»In dieser besonderen Situation geht das in Ordnung.« Er stand auf und reichte Mario die Hand.

»Kein Wort von dem, was hier drinnen passiert an irgendjemanden, haben wir uns da verstanden?«

»Äh. Ja. Natürlich!«, bestätigte Mario eingeschüchtert.

»Das ist eine Ausnahme, Jungs! Einreißen darf das nicht!« Er schaute uns streng dabei an.

»Klar, Boss!«

Wir verließen das Büro. Tex und ich zogen uns um und gingen noch eine Runde in den Kraftraum. Mario saß am Rand und tippte wild auf dem Handy herum. Als wir uns ein wenig ausgepowert hatten, machten wir uns auf den Weg in den Besprechungsraum. Einige waren schon anwesend und begrüßten uns mit Umarmung, Handschlag oder beidem.

Mario parkten wir derweil im Foyer, während wir zur Besprechung mit der Mannschaft gingen. Die letzten taktischen Vorbereitungen waren abgeschlossen. Tex bat noch einmal um das Wort.

»Ich wollte einfach nur kurz Danke sagen! Für all eure Unterstützung! Das war und ist echt stark von euch. Zur Unterstützung ist auch mein Bruder sehr spontan angereist. Leider hatte ich deshalb eine Karte zu wenig. Wundert euch also nicht, wenn ein Kumpel mit uns im Bus mitfährt. Einige kennen Mario. Er ist stubenrein und tut auch sonst keinem etwas. Nochmals Danke, Jungs!«

Wir verließen den Konferenzraum, holten Mario ab und gingen hinaus zum Bus. Inzwischen hatten sich viele Fans vor der Schranke eingefunden. Konzentriert und ruhig liefen wir nach draußen. Dort wurden wir von Steven empfangen.

»Na, ihr Herzchen!«, begrüßte er uns. Dabei grinste er dreckig und wissend.

»Na, du alte Hexe!«

»Ich drücke euch die Daumen!« Mehr Worte waren nicht nötig. Mario und unsere Taschen wurden in den Bus verfrachtet.

»Na? Noch mal raus?«

Ich rollte mit den Augen. »Du legst es heute echt drauf an?«

»Komm schon. Keine Angst vor den Fans. Raus mit dir!« Er scheuchte mich wieder zur Tür und wir tapsten zur Schranke, bekamen jeder einen Stift und begannen, Autogramme zu schreiben.

Selbst wenn es sich um Schwulenhasser handelte, so wussten sie es gut zu verstecken. Außerdem dürfte auch dem letzten Idioten klar gewesen sein, dass ein Autogramm von uns nicht automatisch weniger wert wurde, nur weil wir schwul waren. Einige verhökerten die ergatterten Autogramme im Anschluss sicher im Netz. Insofern blieb es in unserer Nähe ruhig. Keine Pfiffe. Aber auch wenige unterstützende Äußerungen. Das konnte man auch auf die Nervosität der Fans schieben, wenn sie uns schon mal so nahe waren.

Als wir uns einmal die Reihe entlang gearbeitet hatten, machten wir uns wieder auf den Weg in den Bus.

Drinnen ging es wie üblich vor einem Spiel sehr ruhig zu. Jeder hatte seine Stöpsel im Ohr und konzentrierte sich auf die Aufgabe, die vor uns lag. An sich waren die Gäste kein starker Gegner. Aber wir spielten heute nicht nur gegen einen anderen Verein der Bundesliga. Wir spielten womöglich auch gegen die Fans.

Alle anderen waren davon ebenso betroffen, auch wenn sie nicht im Fokus der Beobachtungen stehen würden.

Die Türen des Busses schlossen sich und Steven ließ den Motor an. Die Schranke öffnete sich und der Bus verließ die Einfahrt. Endlos kam mir die

Fahrt zum Stadion dieses Mal vor. Wir kamen in den Stau der Rückkehrer aus den Bergen. Dennoch waren wir noch früh genug dran. Es bestand kein Grund zur Panik. Trotzdem wurden meine Hände feuchter, je näher wir dem Stadion kamen.

Dann war es endlich geschafft. Steven parkte vor unserem üblichen Eingang. Hier waren keine Fans. Nur Presse und Mitarbeiter des Vereins. Starr geradeaus schauend liefen die meisten unserer Kollegen ins Innere hinunter in die Katakomben, wo sich die Kabine befand. Die Stimmung im Stadion war bereits so laut, dass wir sie wahrnehmen konnten, auch wenn wir hier ziemlich weit unten waren.

Wie üblich lagen unsere Trainingstrikots auf den Plätzen bereit. Es war alles wie immer. Nichts deutete darauf hin, dass es heute ein anderes Spiel werden würde.

Mario wurde im Gang geparkt und wir zogen uns um. Als alle fertig waren, liefen wir die Gänge entlang, um uns auf dem Rasen einzuspielen und warm zu machen. Mario lief uns nach, wie ein gehorsames Hündchen und war sichtlich und hörbar sprachlos.

Viele hatten ihre Rituale, wenn sie den Rasen betraten. Manche bekreuzigten sich, nachdem sie kurz den Rasen mit der Hand berührt hatten, manche prüften den Boden, manche drehten sich um die eigene Achse und schauten sich um, als wären sie zum ersten Mal hier. So war es auch dieses Mal.

Applaus brandete auf, als die Ersten den Rasen betraten.

Mein Ritual war seit jeher ein anderes. Woher diese Angewohnheit kam, wusste ich nicht mehr, aber ich hatte sie von Kindheit an. Mein linkes Hosenbein der Trainingshose war immer bis zum Knie hochgezogen. Früher dachte ich, dass mir das Glück bringen würde.

»Dein Hosenbein«, sprach Tex mich an. »Es ist nicht hochgezogen.« Schnell war das Ritual nachgeholt und ich wunderte mich über mich selbst. Bevor wir nach draußen traten, gab er mir einen Kuss. »Auf geht's!«

Das Flutlicht blendete mich, als ich das Spielfeld betrat. Wie unter dem Scheinwerfer eines Mikroskops fühlte ich mich, meine Beziehung und Felix von den Menschen beobachtet. Zunächst war nichts zu hören. Dann folgten Pfiffe. Und schließlich applaudierten die Menschen. Einige. Nicht alle. Ein paar wenige. Die Pfiffe wurden lauter.

Ich drehte mich zum Rang, auf dem mein ehemaliger Verein und auch unsere Familien saßen. Lensing hatte tatsächlich eine Regenbogenfahne dabei und sie schwenkten sie wild, als ich ihnen zuwinkte. Auch meine Eltern konnte ich unter den Menschen erkennen. Jetzt hieß es: konzentrieren, durchatmen, das Beste geben. Unbeeindruckt von den Geräuschen im Stadion wärmten wir uns auf. Die Pfiffe ließen nach. Der Applaus auch.

Tex wies Mario einen Platz auf der Ersatzbank zu.

»Oh Mann … dass ich das mal erleben darf«, stammelte er nur.

Das Aufwärmen war nicht so spannend.

Erneut setzten Pfiffe ein. Diesmal, weil unsere Gegner zum Aufwärmen kamen.

Nikolas lief zu ihnen hin und begrüßte den ein oder anderen mit Handschlag.

»Sein ehemaliger Verein«, raunte Tex mir zu. Und es fiel mir wie Schuppen von den Augen. Natürlich! Nikolas Klein war von denen zum FC Neuenstein gewechselt.

Ein paar Torschüsse, ein paar Pässe und ein paar Pfiffe später gingen wir zurück in die Kabine, um uns die Spiel-Trikots anzuziehen.

»Und? Wie fandest du die Reaktionen?«, wollte Tex wissen.

Achselzucken bei mir. »Schwer zu sagen. Es ist nicht eindeutig.«

»Tex und Daniel! Ihr zwei werdet noch mal gelockert. Ab zur Physio, wenn ihr umgezogen seid.«

Schnell war das Aufwärm-Trikot gegen das Spiel-Trikot getauscht. Unsere Physios schraubten noch ein wenig an uns herum und lockerten die Muskeln. Hoffentlich hilft es, dachte ich mir. Zumindest mein Physio zwinkerte mir zu, als er fertig war.

»An mir liegt es nicht, wenn du verkrampft bist.« Er lächelte offen.

»Danke!«

Tex und ich gaben uns in Gegenwart der Physios noch einen letzten Kuss, dann stellten wir uns im Spielertunnel auf.

Einzelne Spieler der gegnerischen Mannschaft wurden begrüßt. Tex und sein Spiegelbild umarmten sich besonders herzlich. Was genau gesprochen wurde, konnte ich nicht hören.

Noch fünf Minuten.

Vor Nervosität sprang ich ein wenig im Gang herum, dehnte meine

Muskeln, machte irgendwelche Pseudo-Übungen, die jetzt garantiert nicht mehr halfen.

Plötzlich stand Nikolas neben mir.

»Für diesen Moment haben wir gekämpft. Also los! Raus da! Zeig es denen!«

Für diese Sätze musste ich ihn einfach umarmen.

»Und hier sind unsere Spieler«, tönte die Stimme des Stadionsprechers. »Mit der Nummer 1: Felix ›Tex‹ …«

Ich hielt die Luft an.

Kapitel 13

»… Theisendorf«, wiederholte die Menge grölend. Wieder setzten Pfiffe ein.

Nach und nach wurden die Spieler aufgerufen.

»Mit der Nummer 18: unser Daniel …«

»… Recker!« Auch hier beherzte Rufe und ebenfalls Pfiffe. Ich sah Spruchbänder und Regenbogenfahnen und applaudierte in die Richtung, wo ich Unterstützer ausmachen konnte.

Aber auch durchgestrichene Regenbogenfahnen waren zu sehen. Schwulenfeindliche Transparente konnte ich bisher nicht ausmachen.

Aufstellung. Seitenwahl. Shakehands.

Marius wählte »unsere« Kurve aus. Wir würden also auf unserer Seite beginnen, während die Gegner Anstoß hatten.

Wann immer ich im Spiel den Ball bekam, setzten Pfiffe ein. Leutrim war heute drauf und dran, mir den Ball für ein Tor zuzuspielen. Ich merkte, wie er sich bemühte. Doch mit jedem seiner Zuspiele und meiner Erfolglosigkeit wurden die Pfiffe lauter.

»Lass mal … wenn du schießen kannst, dann mach«, raunte ich ihm zu, als wir einen Freistoß bekamen.

Er nickte mir wissend und verstehend zu.

Nikolas schoss den Freistoß über die gegnerische Mauer bis zu mir. Diesmal konnte ich Leutrim auf Rechts bedienen, der die Verteidiger umspielte und tatsächlich zum 1:0 einnetzte.

Es gab ausschließlich Applaus.

Leutrim und ich umarmten uns. Und er zog mich ausdrücklich bei seinem Jubel mit, als er vor unserer Kurve stand.

Erneuter Anstoß.

Die Gegner kamen in ein gutes Pressing, sodass unsere Verteidigung alle Füße voll zu tun hatte. Den nach ein paar Minuten unweigerlich folgenden Torschuss konnte Tex abfischen. Nun mussten die Fans ihm applaudieren, ob widerwillig oder nicht, war nicht auszumachen. Es war zweifelsohne die schwächste Viertelstunde von uns.

»Los, Jungs! Wir müssen wieder ins Spiel kommen«, rief ich meiner Mannschaft zu.

Der Weckruf war angekommen, als wir uns durch Zeichensprache für eine Angriffsvariante entschlossen hatten. Bei dieser ging der Angriff ausnahmsweise durch die Mitte. Einfach drauf. Marius war am Ball. Er sah sich nach mir um, aber ich signalisierte ihm, weiter zu laufen. Seine Bahn war frei, während Perry und ich an den Rändern die Verteidigung verwirrten. Er kam tatsächlich durch. 2:0.

Applaus und Jubel brandete auf. Damit war das Ding eigentlich im Sack.

Als sich bei uns ein Wechsel anbahnte, begannen die Ersten zu skandieren: »Nehmt die Schwuchtel raus!«

Doch unser Trainer ließ mich unbeirrt auf dem Feld. Stattdessen nahm er mit Perry einen Stürmer raus, der sich augenscheinlich verletzt hatte, und brachte dafür unseren Neuzugang Marco Bossert als Verteidiger. Bei der Führung schien es unserem Trainer diesmal wichtiger zu sein, das Ergebnis zu halten. Vielleicht wollte er Marco auch nur eine erste Einsatzzeit geben. Verdient hatte er sie allemal. Leutrim rückte in die Spitze und ich wanderte auf die 10er Position dahinter.

Aus den Augenwinkeln sah ich, dass immer mehr Transparente entrollt wurden. »Kein Spiel mit Schwuchteln!«

»Fußball ist Männersport.«

»Neuenstein ist Sodom und Gomorrha.«

»Sodomiten sind Nieten«.

Das war, was ich auf die Schnelle entziffern konnte, wann immer eine kurze Spielunterbrechung es erlaubte.

Nikolas stand irgendwann neben mir, als wir während der Behandlung eines Wadenkrampfes vom gegnerischen Verteidiger warten mussten.

»Blende das aus! Konzentrier dich auf das Spiel! Zieh dein Ding durch und zeig es ihnen!«

Nikolas schlug mir auf die Schulter und trabte wieder davon.

Ich sah zu Felix, der mir beide erhobenen Daumen zeigte. Sie hatten beide Recht.

Ich musste die Fans ausblenden, was gar nicht so einfach war, weil sie uns sonst unglaublich unterstützten.

Ich kniete mich rein, wollte jeden Zweikampf gewinnen. Ich wusste, wir waren besser und ich kannte die Schwachstellen des Gegners. Und genau eine Unachtsamkeit der gegnerischen Abwehr reichte aus, um mich durch zu spielen. Leutrim war auf die rechte Seite ausgewichen, meinen Ball passte ich ihm zu, und er spielte ihn mir zurück. Aus einer Drehung heraus konnte ich abziehen. Und das tat ich.

»Toooooooooooooooooooooooooorrrrr durch unsere Nummer 18, Daniel …«

»… Recker!« Die Tor-Fanfare ertönte.

»Und wir haben einen neuen Spielstand! Der FC Neuenstein führt mit drei zu …«

»Nuuuuuuuuuuuuuuuuuull!«

Den Spielstand mussten die Fans natürlich doch bejubeln. Trotzdem waren auch wieder Pfiffe darunter.

Der einzig erlösende Pfiff war der des Schiedsrichters, der die erste Halbzeit beendete.

Zurück in der Kabine angekommen, feuerte uns das Trainerteam nochmals an, der Videoanalyst stand mit seinem Laptop bereit und zeigte vor allem auf die 15 Minuten, in denen wir uns grottenschlecht angestellt hatten.

»Diese Situationen gilt es zu vermeiden. Ein oder zwei Tore sollten in jedem Fall noch drin sein!«

Viel zu schnell waren die 15 Minuten zu Ende und wir mussten wieder raus. Tex drückte wortlos meine Hand und lächelte mich an.

Wir liefen auf den Platz. Allerdings war die Stimmung merklich rauer geworden. Zumindest war das mein Eindruck.

Diesmal waren wir vor der Kurve der Gäste-Fans, was die Sache noch einmal ruppiger machte. Hier gab es keine Gnade. Man hatte offenbar gewartet, bis auch hier Transparente entrollt wurden. Die Pfiffe waren auf dieser Seite lauter.

Das Spiel begann.

Es war ein Belauern von gut 10 Minuten, als der erste richtige Angriff von Nikolas eingeleitet wurde, der den Ball weit nach vorn zu Marius spielte. Der wiederum übergab den Ball mit einem präzisen Pass auf die linke Seite zu Tobi Bergmann. Er kam nun beinahe von der Ecke mit einem ebenfalls präzisen Pass zu mir. Im Handumdrehen leitete ich den Ball an Leutrim weiter, der zum 4:0 traf. Vor unserer Kurve.

Applaus und Jubel waren zu hören. Immerhin war es sein zweites Tor heute und mein zweiter Assist.

Wieder zog er mich demonstrativ mit zum Jubel vor den Fans, schlug mir auf die Brust und wollte damit zum Ausdruck bringen, dass er meine Leistungen für gut hielt.

In der 72. Minute wurden auf ein geheimes Zeichen hin, oder aber wie durch Zauberei, in diversen Ecken des Stadions Banner und Transparente entrollt. Die Botschaft, die damit transportiert wurde, war sehr eindeutig. Sowohl bei den gegnerischen als auch bei unseren Fans waren die Banner zu sehen.

Die Botschaft auf allen war in großer Einigkeit, dass Schwuchteln im Fußball nichts verloren hätten.

Ich wollte meinen Ärger gerade einfach nur hinunter schlucken, als die Pfeife des Schiedsrichters ertönte. Er rief uns alle im Mittelkreis zusammen.

Auch die Trainer wurden dazu gerufen.

Das war neu und überraschend.

Schiedsrichter dieser Partie war Erik Förster, der für seine Fairness ebenso bekannt war wie für seine umsichtigen Entscheidungen. Das sollte sich heute auszahlen.

»Die Transparente werden mir gerade zu viel«, verkündete Förster, »und daher werde ich die Partie jetzt unterbrechen. Alle Spieler haben in die Katakomben zurückzugehen. Wenn die Transparente entfernt sind, wird das Spiel fortgesetzt.«

Die Spieler beider Mannschaften gingen vom Rasen hinunter in den Spielertunnel. Dort ging das Geschnatter los.

»Wenn sich die zwei nicht geoutet hätten …«

»Stopp!«, rief Nikolas in die allgemeine Unruhe. Jedes Gespräch erstarb.

»Die beiden haben es völlig richtig gemacht, sich zu outen, und es ist ein absolutes Unding, was da draußen gerade passiert. Holger, ich möchte dich als Kapitän der Mannschaft ansprechen. Wir haben schon vorher telefoniert und ich hab euch gesagt, dass das hier ziemlich ruppig werden kann. Dass es bis zu einer Unterbrechung gehen würde, habe selbst ich mir nicht gedacht. Holger, siehst du eine ehrliche Chance, dass eure Mannschaft heute noch gewinnt?«

Der stutzte. »Eine Chance gibt es immer.«

»Eine ehrliche Chance?«, beharrte Nikolas.

Traurig schüttelte der Kapitän der Gäste mit dem Kopf.

»Dann möchte ich euch um etwas bitten. Ich tue das als Freund von Tex und Daniel und ich tue es als ehemaliger Spieler eures Vereins. Einige kennen mich ja noch. Lasst uns gemeinsam ein Zeichen setzen!«

»Was stellst du dir vor?«

Auch unsere Mannschaft hing nun gebannt an Nikolas Lippen.

»Wir spielen nicht mehr.«

Jetzt schaute Holger wie ein Backenhörnchen. Aber auch alle anderen und auch unsere Spieler waren irritiert, überrascht, neugierig.

»Wenn das Spiel wieder angepfiffen wird, müssen wir nichts weiter tun, als den Ball ohne einen Angriff hin und her zu spielen. Wenn wir gemeinsam für die Sache kämpfen, dann können wir die Fans vielleicht überzeugen.«

»Das heißt, wir sollen auf einen möglichen Sieg verzichten?«, fragte Holger nach der logischen Konsequenz.

»Komm schon, Holger! Es steht 4:0. Das könnt ihr nicht mehr reißen. Wenn es hilft, würden wir vermutlich sogar einem Unentschieden zustimmen. Ihr dürftet noch vier Tore schießen und jeder geht mit einem Punkt nach Hause. Tex würden wir kurzzeitig in Urlaub schicken.«

Diesmal war es Tex, der wie ein Backenhörnchen schaute.

»Das wäre mal ein Deal. Vier Tore für uns und danach spielen wir nur noch hin und her.«

»Unsere Fans werden uns lynchen!«, warf Marius ein. »Das können wir nicht machen.«

»Stimmt … das wäre vielleicht etwas hart«, stimmte Nikolas zu. »Aber du hast selbst gesagt, dass ihr keine ehrliche Chance habt. Wie wäre es mit drei Toren? Sollen sie ruhig schwitzen auf den Rängen.« Nikolas hatte Holger ein neues Angebot unterbreitet.

Der grinste jetzt dreckig.

»Das ist mal richtig fies. Denn sie wissen ja nicht, wie weit wir gehen. Deal!«, rief er aus und hielt Nikolas die Hand hin, der sogleich einschlug. Auch Marius war einverstanden.

»Ok. Wir halten fest: Ihr dürft unbehelligt drei Tore schießen. Aber nicht sofort und direkt hintereinander. Dazwischen spielen wir nur locker hin und her. Tex gibt das Tor frei. Und bei einem Stand von 4:3 belassen wir es und spielen nur noch hin und her.« Nikolas fasste das Verhandlungsergebnis zusammen.

Alle applaudierten und ich hatte vor Rührung Tränen in den Augen. Dass ein Verein auf so einen Deal eingehen würde, war nicht selbstverständlich. Marius und Holger informierten jeweils die Trainer, die ihrerseits ihre Hochachtung ausdrückten und der Sache zustimmten.

Beide Trainer hatten inzwischen versucht, die Fans zu überzeugen, dass die Transparente verschwinden. Sicherheitsdienste hatten eingegriffen und hier und da Menschen des Stadions verwiesen. So wurde es uns berichtet.

Auch der Schiedsrichter kam wieder zu den Spielern.

Förster verkündete uns, dass das Spiel nun fortgesetzt werden könne, da einige Transparente entfernt worden seien.

Sollten wir den Schiedsrichter informieren? Eigentlich hatte er mit der Absprache nichts zu tun. Er musste nur aufpassen, dass das Spiel den Regeln entsprechend und fair abgewickelt wurde. Sicher würde das das Spiel seines Lebens werden.

Wir liefen also wieder raus auf den Rasen. Die Mannschaften nahmen Aufstellung. Der Schiedsrichter hatte entschieden, dass wir einen echten Anstoß zu machen hatten, weil der letzte Ballkontakt bei uns lag. Allerdings gab es keinen Einwurf, sondern eben einen neuen Anstoß.

Schon direkt nach dem Pfiff bewegten wir uns nicht mehr viel. Es war ungewohnt, aber irgendwie machte es auch einen diebischen Spaß. Perry spielte zu mir, ich ließ den Ball zum Kapitän der gegnerischen Mannschaft rollen, dort passten sie ein paar Male hin und her, dann kam der Ball wieder zu uns. Nikolas schob ihn aber beinahe sanft direkt wieder zum Gegner. Tex stand währenddessen in seinem Tor und lehnte sich beinahe schon gemütlich an den Torpfosten. Man sah den Unglauben der Fans in ihrer Reaktionslosigkeit. Und ich dachte mir: Ja, streut nur ein Korn der Verwüstung und erntet den Sturm, den ihr entfacht habt!

Die ersten Fans begannen zu realisieren, was hier gerade abging. Und sie applaudierten.

Dann setzten auch wieder die Pfiffe von der anderen Gruppe ein.

»Jetzt ist eine gute Möglichkeit für ein Tor«, rief ich den anderen Jungs zu. Einer der gegnerischen Mannschaft schoss halbherzig aus großer Entfernung auf unser Tor. Tex zuckte kurz, auch für ihn war es ungewohnt, er besann sich aber schnell und stand weiterhin gemütlich an seinem Pfosten. Der Ball rollte mit mäßiger Geschwindigkeit auf die Torlinie zu. Als er sie schließlich überquert hatte, bückte sich Tex zum Ball, applaudierte den Gegnern und warf den Ball in aller Ruhe zurück zum Anstoßpunkt. Auch die Fans applaudierten. Vor allem die gegnerischen Fans. Denn immerhin mussten sie eingestehen, dass ihre Mannschaft ein Tor geschossen hatte – wie auch immer das passiert war.

Der Schiedsrichter wollte nun vor dem erneuten Anpfiff beide Kapitäne sprechen. Offenbar erläuterten sie ihm unsere Taktik. Er klatschte kurz in die Hände, nickte und pfiff das Spiel an. Wieder spielten wir ein Weilchen zwischen uns hin und her und gaben den Ball dann ab.

Die Szenen wiederholten sich. Applaus brandete auf. Dieser galt zweifelsohne uns, aber auch der getroffenen Entscheidung. Eine Entscheidung, die nicht hinnahm, dass Homophobie in diesem Stadion existierte.

Und wiederum wurden die Pfiffe unserer eigenen Mannschaft lauter. Und wieder war dies der richtige Zeitpunkt für den Gegner, ein Tor zu schießen.

Diesmal ließen sie den jüngsten Spieler ran, der noch wenig Erfahrung in der ersten Liga hatte. Er zog ab. Vielleicht etwas zu kraftvoll. Aber der Ball landete gut und sicher im Tor, das von Tex wiederum nicht bewacht wurde.

4:2 für uns.

Während der Unterbrechung lief Marius zu unserer Fankurve. So laut er konnte, rief er in die Menge:

»Das ziehen wir jetzt so lange durch, bis die Pfiffe aufhören!« Er wollte damit deutlich machen, dass wir uns nicht unterkriegen lassen würden. Als er seinen Satz mehrfach in verschiedene Richtungen wiederholt hatte, trabte er auf den Platz zurück.

Und noch ein Anpfiff.

Diesmal wurde der Applaus lauter. Die auf unserer Seite stehenden Fans schienen zu versuchen, die Pfiffe zu übertönen. Der Applaus endete nun auch nicht mehr. Die Leute klatschten einfach durch. Doch noch immer waren Pfiffe zu hören.

Wir ließen uns dieses Mal ein wenig Zeit. Immerhin hatten wir noch 10 Minuten zu spielen.

Ein halbherziger Schuss von Leutrim zog glatt am gegnerischen Tor vorbei ins Aus.

Abstoß vom Torwart. Er kullerte den Ball nur zurück ins Spielfeld.

Es gab immer noch Applaus von den Rängen der Fans, doch die Pfiffe waren noch da.

Sieben Minuten bis zum Ende.

»Holger, ihr solltet noch einmal richtig angreifen«, rief Nikolas seinem ehemaligen Teamkollegen zu. »Ich höre noch zu viele Pfiffe!«

Holger nickte. Diesmal übernahm er es selbst. Ganz gemütlich ging er mit dem Ball am Fuß in Richtung unseres Tores. Tex stand am Rand und beobachtete ihn. Die beiden winkten sich zu. Kurz vor der Torlinie blieb Holger stehen. Er ging auf Tex zu und umarmte ihn. Einfach so. Dann hoben beide ihre Hände und schlugen miteinander ein. Holger gab dem Ball noch einen Schubs und schob ihn damit über die Torlinie. Tex applaudierte dem Torschützen und der nahm direkt den Ball mit zurück zur Mittellinie.

Und noch ein Anstoß.

Wir standen alle um den Mittelkreis.

Marius rief uns allen zu: »Wenn die Pfiffe nicht aufhören, sollten wir weitermachen. Auch, wenn es dann 4:4 steht. Was meint ihr?!«

Zustimmung auf beiden Seiten.

Wir warteten noch ein wenig ab. Der Applaus wurde zunehmend lauter. Die Pfiffe wurden übertönt.

»Das klingt ganz gut. Machen wir es ein kleines bisschen ehrlicher? So als Belohnung?«

Wieder Zustimmung auf beiden Seiten. Also gingen wir in normalere Spielzüge hinein. Wir vermieden zwar Torschüsse, wollten das Spiel aber etwas lebendiger gestalten. Das wiederum wurde ebenfalls mit Applaus belohnt.

Es waren noch zwei Minuten bis zum Abpfiff inklusive der Nachspielzeit. Offenbar ließ das noch einmal die schwulenfeindliche Fraktion bei den Fans Überhand gewinnen. Die Pfiffe wurden lauter als der Applaus.

Und diesmal stellte sich Holger mitsamt dem Ball vor das Tor von Tex. Der Ball lag dort ruhig auf dem Rasen. Beide Männer unterhielten sich. Sobald auch nur ein Pfiff ertönte, schob Holger den Ball um einige Zentimeter weiter vor. Als er kurz vor der Linie angekommen war, wurde es mucksmäuschenstill im Stadion.

Die letzten Sekunden liefen auf der Uhr nach unten.

Kapitel 14

Erneut setzte Applaus ein. Die Fans beider Mannschaften standen von ihren Plätzen auf. Regenbogenfahnen wurden geschwenkt. Und mit dem aufkommenden Applaus rollte Holger den Ball wieder mehr und mehr weg vom Tor.

Der Pfiff des Schiedsrichters beendete das Spiel bei einem Stand von 4:3 für Neuenstein.

Und ich war mir sicher, dieses Spiel würde in die Geschichte eingehen.

Die Spieler beider Mannschaften lagen sich danach in den Armen. Felix und ich wurden in den Mittelkreis geschoben und dort standen wir.

Beide Mannschaften applaudierten uns, aber auch die Fans von den Rängen. Das Stadion leerte sich inzwischen, die Pfiffe ließen nach. Offenbar waren die homophoben Fans schon gegangen oder waren dabei, zu gehen. Das sollte uns nur recht sein.

Die Presse baute ihre üblichen Stände für die Interviews auf. Dass Tex und ich zum Interview mussten, war uns ja bereits vorher gesagt worden.

»Wie wäre es, wenn wir gemeinsam zum Interview gehen?«

Das war der Vorschlag von Holger.

»Sehr gute Idee!«, kam es von Tex. »Uns gibt's heute nur zu dritt! Aber vorher möchte ich noch etwas erledigen.«

Ich stutzte kurz, als ich sah, dass ihm vom Stadionsprecher das Mikrofon gereicht wurde.

»Liebe Fans vom FC Neuenstein«, tönte seine Stimme nun für alle hörbar durch das Stadion. »Und auch liebe Fans der gegnerischen Mannschaft. Ich möchte die Gelegenheit nutzen, um mich aufrichtig zu bedanken. Mein Dank gilt zu allererst den Fans, die uns unterstützt haben, die lauter waren als die Pfiffe. Der Dank gilt unseren Familien und Freunden, und ich grüße ganz herzlich den ehemaligen Verein von Daniel!« Er winkte in den Fanblock. »Lensing ist heute mit einer großen Abordnung gekommen. Danke dafür! Ich danke auch Holger, dem Kapitän unseres heutigen Gegners. Wir waren aber keine Gegner, wir waren in der Sache vereint. Homophobie darf im Fußball keinen Platz mehr haben. Wir haben heute gemeinsam ein eindrucksvolles Zeichen gesetzt. Und ich möchte ausdrücklich Nikolas Klein für seinen Vorschlag danken! Das war einfach nur hammergeil! Es war seine Idee, dass wir nicht mehr weiter spielen würden. Und ich finde, wir haben damit etwas deutlich gemacht! Wir lassen nicht alles mit uns machen! Und das ist auch gut so!«

Nochmals gab es Applaus.

»Aber der heutige Tag ist mir persönlich auch ganz wichtig. Ich möchte zum Ausdruck bringen, dass ich mit Daniel die Liebe meines Lebens gefunden habe. Und da wir beide einfach auf den Platz gehören, da wir beide ohne Fußball nicht können und das, obwohl wir schwul sind, gehört die Frage, die ich ihm stellen möchte, ganz klar hier an diesen Ort, in diese Arena, auf diesen Rasen.«

Mir wurde flau im Magen.

»Lieber Daniel, ich möchte dich fragen, ob du mich heiraten willst.«

Jetzt nur nicht so reagieren, wie es die homophoben Gegner von einem Schwulen erwarten, dachte ich mir. Nur kein weibisches Gehabe, das Wasser auf die Mühlen der homophoben Gegner war. Trotzdem liefen mir die Tränen über die Wange und ich hoffte, man würde es nicht sehen. Dass alle Kameraobjektive auf mich gerichtet waren, wusste ich zwar, doch letztlich war es mir egal. Es ging ein Ruck durch mich und ich schämte mich meiner Tränen nicht mehr. Denn ich vergoss sie aus Freude über die Frage des Mannes, den ich über alles liebte.

Ich ging auf ihn zu und wir schauten uns in die Augen. Ich war mir sicher, dass er die Antwort in meinen lesen konnte.

Als ihm von Mario eine kleine Schachtel gebracht wurde, war mir klar, warum er ihn mit auf den Rasen genommen hatte. Er hätte es ohnehin getan. Dessen war ich mir sicher. Denn hier war der heimliche Assistent meines zukünftigen Ehemannes.

Schelmisch grinste Mario mich an und auch Tex konnte sich eines Grinsens nicht erwehren.

Ich fiel meinem Felix um den Hals. Und spätestens jetzt war uns auch alles egal. Ich küsste ihn. Mitten im Stadion. In unserem Stadion.

Alles drum herum nahm ich nur noch wie in Watte verpackt wahr. Mein ganzer Fokus lag auf Tex und auf seiner Frage.

»Ja, denn ich liebe dich über alles!«

Erstaunlicherweise kam kein Ring zum Vorschein, als er die Schachtel öffnete.

»Wir sind eben anders als alle anderen. Deshalb gibt es auch keinen Ring für dich, sondern ein Armband.«

Dieses trug die Initialen »F« und »D« auf zwei verschiedenen Perlen.

»Ich hoffe, du heiratest mich auch ohne einen echten Verlobungsring.«

»Tex, das … wie könnte ich nur im Ansatz sagen, wie unglaublich diese Idee ist. Es ist eben etwas ganz anderes. Da hast du völlig Recht. Ich liebe dich über alles! Und ja, ich möchte dich heiraten!«

Er legte mir das Armband an. Den Applaus auf den Rängen der Fans nahm ich nur am Rande wahr.

»Und wir unterhalten uns noch, Herr Trauzeuge Mario von Altenberg!«, sagte ich gespielt drohend an meinen besten Freund.

Er umarmte uns beide und er war der Erste, der uns beide beglückwünschte. Außen herum standen alle Spieler, sogar das Team der Schiedsrichter, die Trainer beider Mannschaften und applaudierten uns beiden.

»Sorry für die Unterbrechung«, mahnte uns unser Trainer, »aber jetzt ist die Presse dran, Jungs! Abmarsch! Und meinen Glückwunsch!«

Pragmatisch, wie immer, unser Hans-Peter.

Also machten wir uns auf den Weg zum Interview. Holger, Tex und ich blieben im besprochenen Dreiergespann.

Die verschiedenen Fernsehsender riefen uns, doch schon beim ersten Reporter machten wir deutlich, dass wir an diesem speziellen Tag nur zu dritt Interviews geben würden.

»Liebe Zuschauer, wir haben heute nach einem wohl ganz besonderen Spiel gleich drei Spieler zum Interview zu Gast: Holger Michels, der Kapitän der Gäste, Felix Theisendorf und Daniel Recker. Ihnen beiden darf ich als Erstes zur Verlobung gratulieren. Aber auch zum gewonnenen Spiel. Ein ganz außergewöhnliches Spiel. Sie haben bereits in ihrer kurzen Ansprache etwas dazu gesagt. Wie kam es zu der Idee?«

Holger antwortete für uns alle.

»Es war in der Unterbrechung die Idee von Nikolas Klein. Er hat ja früher bei uns gespielt. Wir kennen uns noch sehr gut. Er hat uns vorgeschlagen, nicht mehr zu spielen. Uns war natürlich klar, dass wir einen 4:0 Rückstand nicht mehr aufholen konnten. Und so haben wir mitgespielt.« Dabei machte er Anführungsstriche in die Luft. »Nein, wir haben nicht mitgespielt, sondern wir haben unterstützt. Und das war auch richtig so.«

»Sie haben also die pfeifenden Fans bewusst bestraft, indem Neuenstein Ihnen ein Tor nach dem anderen hat reingehen lassen?«

»So könnte man sagen. Wir wollten bewusst an die Grenzen gehen. Wir wollten zeigen, dass wir spielen und nicht die Fans. Wir haben uns vorher verabredet. Und wenn die Fans weiter gepfiffen hätten, dann hätte Neuenstein uns auch das Unentschieden geschenkt. Wir dürfen uns nicht diktieren lassen, wie wir zu leben haben. Das haben wir heute mit dem Spiel klar gemacht.«

»Herr Theisendorf, wie sehen Sie das Ganze?«

»Ich kann nicht mehr viel hinzufügen. Holger hat schon alles gesagt. Es war heute ein Spiel, das gezeigt hat, dass wir Spieler nicht Marionetten der Fans sind. Auch nicht der Sponsoren im Übrigen. Aber da sind wir noch sehr am Anfang und hoffen, dass uns das nicht zum Nachteil ausgelegt wird. Aber im Großen und Ganzen sind wir zufrieden. Wir haben heute einen Sieg der Herzen gefeiert. Ich ganz besonders.«

»Sie haben eben ihrem Lebensgefährten Daniel Recker einen Heiratsantrag gemacht. War das vorher geplant?«

»Ja, schon. Immerhin hatte ich Mario eingeweiht. Er musste mir die Schachtel bringen. Und ich hatte die Schwierigkeit, wie ich ihn unbemerkt zum Team auf das Feld bringen soll. Dann kam gestern Abend überraschend mein Bruder an und ich musste ihm die Karte von Mario übergeben. So konnte ich Mario unten bei uns platzieren. Und ich freue mich, dass Daniel Ja gesagt hat. Wissen Sie, ich mache das nur zum Teil, um Geschichte zu schreiben, sondern ich mache das auch für mich und für Daniel. Ganz persönlich. Wenn ich damit jemandem helfe, dann freue ich mich. Aber ich möchte einfach als schwuler Mann, der einen anderen Mann liebt, ja sogar mit ihm verheiratet ist, weiterhin Fußball spielen. Und es sollte trotzdem normal sein. Oder in Ordnung. Diesen Tag haben wir heute gefeiert. Und ich danke meinem Team, dem Vorstand, dem

Trainerstab und auch der Mannschaft von Holger, dass alle so mitgemacht haben.«

Tex reichte Holger die Hand. Beide schlugen ein.

»Herr Recker, wie haben Sie den Verlauf des Abends wahrgenommen?«

»Ich muss gestehen, dass ich am Anfang schon meine Probleme hatte. Die Fans haben meine Leistung nicht mehr anerkannt, nur weil ich jetzt einen Mann liebe? Was ich im Übrigen schon vorher getan habe … Aber jetzt wissen sie es, und da sind ihnen ein Tor und ein Assist nichts mehr wert?«

Ich musste schlucken.

»Und die Absprache mit dem Verein von Holger … da muss ich echt unserem Nikolas noch mal danken. Er hat das eingefädelt und es war eine richtig gute Idee.«

»Wann werden Sie heiraten?«

»Da habe ich mir ehrlich gesagt noch keine Gedanken gemacht. Ich weiß es ja erst etwa 20 Minuten, dass Tex mich heiraten möchte. Aber ich vermute, dass wir nach dem Ende der Saison heiraten.«

»Ihr Trauzeuge steht ja schon fest?«, wollte der Reporter von mir wissen.

»Mein bester Freund Mario, ganz klar.«

»Was ist mit ihrem Trauzeugen, Herr Theisendorf?«

»Bei mir wird es mein Bruder sein, wenn er den Job will. Wir sind eine Einheit, die so schnell niemand auseinanderbricht. Er ist von meiner Familie der wichtigste Bezugspunkt«, machte Tex klar.

»Danke für das Gespräch!«

Damit waren wir entlassen.

»Ich muss noch etwas atmen«, ließ ich Tex wissen. Ich lief eine Runde auf dem Rasen und ließ die Luft der Arena in meine Lungen strömen. Den Duft des Rasens. Die Geräusche. Ich lief einfach. Erst nach und nach nahm ich wahr, dass noch immer Fans da waren. Manche standen sehr weit oben, manche weiter unten. Sie applaudierten.

Ich verneigte mich. Beinahe so wie im Theater. Ich klatschte in meine Hände zurück zu den Fans.

Das waren die richtig wichtigen Menschen, die jetzt noch da oben standen und noch nicht den Weg in die S-Bahnen gesucht hatten.

Als ich meine Runde im Stadion zog, kam irgendwann Jonas auf mich zu. Mit ihm hatte ich früher mal ein Zimmer geteilt, als Tex mit mir

Schluss gemacht hatte. Er war immer still, immer fair, und immer auf meiner Seite.

»Die Jungs haben den Chef gefragt, ob wir frei bekommen. Die einhellige Meinung ist, dass wir heute feiern gehen. Bitte sag deinem ehemaligen Verein Bescheid. Und deiner Familie. Und Tex.«

Er schaute mich erwartungsvoll an.

»Ach Jonas, du bist genial, weißt du das?«

Wir hatten uns so oft ohne viele Worte verstanden. Er war einfach ein guter Freund.

Dass wir einmal gefummelt hatten, als wir gemeinsam auf einem Zimmer waren, hatte nie jemand erfahren. Und ich hatte es nie jemandem gesagt.

»Ich glaube nur, wir sollten heute feiern. Den Sieg über die Homophobie.«

Ich musste ihn einfach knuddeln, in den Schwitzkasten nehmen und ihm einen Kuss auf den Schädel drücken.

»Wo soll es denn hingehen?«

»Wir haben im Da'Ugo angerufen. Die räumen gerade alles aus.« Jonas grinste mich breit an.

»Du bist vorbereitet. Das gefällt mir.«

Wir liefen beide zur Tribüne, wo Lensing noch immer versammelt war. Da es inzwischen leerer geworden war, konnte ich ihnen mit lauter Stimme zurufen, dass wir uns noch bei unserem Lieblingsitaliener treffen würden. Und ich beharrte darauf, dass alle mitkommen sollten. Sie stimmten zu. Auch meine Eltern und Tex Mutter und Bruder waren dort. Ich bat meine Lensinger Kameraden, sich um unsere Familien zu kümmern und sie mitzunehmen.

Dann ging ich gemeinsam mit Jonas in die Kabine. Dabei hatten wir einander den Arm um die Hüften gelegt. Wir wussten, dass wir diese Nähe hin und wieder brauchten.

In der Kabine war schon eine ausgelassene Stimmung. Mario war irgendwo verschwunden, aber den würde ich schon wieder finden.

»Hey, Verlobter! Glückwunsch!« Diesen und ähnliche Sätze hörte ich mehrfach auf dem Weg zu meinem Platz. Als ich endlich unter dem warmen Wasser stand, fiel die Anspannung von mir ab.

Ich hatte das Gefühl, dass mir die Beine wegsackten. Und so war es auch. Ich begann zu zittern und zu weinen. Ich brach zusammen. Gott sei Dank war Leutrim in der Nähe, der mich auffing, mich sanft auf den Boden setzte und ruhig auf mich einredete.

Es dauerte nicht lange, bis Tex neben mir war. Obwohl er schon fertig war, stand er neben mir unter dem Wasserstrahl, den Leutrim schleunigst abdrehte.

»Hey! Was ist mit dir?«, fragte er mich.

Ich musste einfach nur ein wenig an seiner Schulter weinen. Mir neu versichern, dass wir das gerade durchgezogen hatten, dass irgendwie doch alles gut war. Und dazu brauchte ich Tex. Und er war da.

»Ich bin immer für dich da. Jetzt erst recht. Und dann, wenn wir verheiratet sind, kriegst du mich eh nicht mehr von der Backe!« Dabei grinste er mich an und hatte seine Hand an mein Kinn gelegt, damit ich ihn anschaute.

Diese Worte und diese Erfahrung hatte es gebraucht, um mich wieder auf die Beine zu bringen. Ich zitterte zwar noch, aber ich war mir meiner Quelle wieder bewusst geworden. Und diese Quelle war der Mann, wegen dem ich mich vorgestern öffentlich geoutet hatte und der mich gerade in einem Fußballstadion gefragt hatte, ob ich ihn heiraten möchte.

Ich rappelte mich vom Boden hoch, küsste Tex und versicherte ihm, dass alles wieder in Ordnung war. Er blieb in meiner Nähe, während ich zu Ende duschte.

Ich war einer der Letzten, der nach dem Umziehen endlich den Bus bestieg. Steven beglückwünschte mich zur Verlobung und grinste mich an.

»Ich hab es geahnt.«

»Ja. Sicher! Alte Hexe!« Ich knuffte ihm an den Arm.

Mario saß bereits und neben ihm war noch ein Platz frei. Auf der anderen Seite des Ganges saß Tex. Ich hockte mich zu Mario, der immer noch ganz aufgeregt war. Über sein Dabeisein, über das Spiel, den Antrag und darüber, dass er mein Trauzeuge sein sollte.

Die ersten Detailfragen wollte er schon jetzt im Bus klären und er schnatterte unentwegt. Es bedurfte einiger Überzeugungsarbeit, dass wir das nicht jetzt klären mussten.

Der Bus spuckte uns am Gelände aus und die einhellige Meinung war, dass wir uns gleich bei Da'Ugo wiedersehen würden.

Nikolas nahm Tex und mich beiseite.

»Ihr müsst mich heute Abend leider entschuldigen. Ich würde wirklich gern mitkommen, aber der heutige Tag hat mich echt fertig gemacht. Körperlich und geistig. Ich bin durch und möchte einfach nur schlafen. Seid mit bitte nicht böse.«

»Schade, Nicky! Wir hätten dich gern dabei gehabt.« Tex sprach für uns beide. »Aber ich verstehe das natürlich. Unter einer Bedingung: Bei unserer Hochzeit gibt es keine Ausrede.«

»Ist gebongt!« Wir schlugen mit ihm ein.

»Und von Herzen Danke für alles, Nicky! Das war heute dein Verdienst! Wirklich!«

Zwei Umarmungen später machte er sich auf den Weg zu seinem Auto. Die Übrigen wollten zu Fuß zum Restaurant gehen.

Meine Lensinger Kameraden waren schon da, als ich mit Felix und Mario das Restaurant betrat. Ugo, der Besitzer, hatte alle übrigen Gäste rausgeworfen. Offenbar.

Wir hatten das Restaurant für uns allein. Meine Eltern nahmen mich in den Arm. Und auch Felix Bruder gratulierte mir mit einer Umarmung.

»Gut gemacht, Junge! Das mit dem Abbruch war eine super Idee.« Mein Vater war pragmatisch. Das sagte ich ja schon.

»Junge, geht es dir auch gut? Ich hab mir solche Sorgen gemacht!« Mütter sind da anders.

»Dann mal ganz offiziell willkommen in der Familie Theisendorf.« Maximilian gratulierte zur Verlobung. Und auch Felix Mutter stand irgendwann vor mir und Tex.

»Oh, Felix! Das hättest du mir ja auch vorher sagen können! Aber nun lass dich drücken! Meinen herzlichen Glückwunsch.« Dann wandte sie sich an mich. »Und du bist dann wohl wirklich bald mein Schwiegersohn?!« Sie sagte das mit leicht ungläubigem Unterton. »Das ist so, Mama!«, betonte Felix.

»Benvenuti Signori!«, begrüßte uns der Chef persönlich. »Sehr schön, dass ihr da seid, um diesen denkwürdigen Tag mit uns zu feiern. Gratulation an Felix und Daniel zu diesem ungewöhnlichen Spiel und natürlich auch zur Verlobung.«

Die Kellner brachten mehrere Gläser Champagner.

»Ist eine Einladung vom Haus. Salute!«

Er stieß mit uns an, nachdem alle Gläser verteilt waren. Nachdem es ziemlich still war, ergriff Felix noch einmal das Wort.

»Lieber Ugo! Danke, dass wir hier feiern dürfen. Wir haben uns bei dir immer wohlgefühlt. Deshalb sind wir heute hier. Ganz herzlich möchte ich Daniels Jungs aus Lensing noch einmal für ihre Unterstützung danken. Und auch unseren Familien und natürlich allen Kollegen vom FC Neuenstein. Ohne euch wäre das unmöglich gewesen. Danke!«

Zunächst musste ich erst einmal zu meinen Lensinger Jungs. Allen voran begrüßte ich Jan, meinen ehemaligen Trainer. »Schön, dass ihr noch mit zum Feiern gekommen seid.«

»Danke für die Einladung! Das ist natürlich etwas ganz Besonderes für uns. Für uns alle. Hier mit deinen Jungs zu feiern. Es wird uns sicher lange im Gedächtnis bleiben. Und Daniel - Danke!«

»Wofür?«

»Für deine Vorreiterrolle. Ich hab mich heute vor dem Spiel der Vereinsführung und den Spielern geoutet. Diesen Weg habt ihr zwei mir ermöglicht. Deshalb vielen Dank dafür!«

Wir umarmten uns.

Einige Runden Bier und Wein später, einige Runden Schnäpse später und nach diversem Fingerfood, Pizza und Pasta bat ich Ugo um die Rechnung.

»Du willst alles zahlen?«

»Ja! Das ist meine Outingparty und meine Verlobungsfeier! Ich zahle!«

Etwas lauter rief ich in den Raum: »Jungs! Alles, was bis jetzt konsumiert wurde, ist bezahlt! Feiert noch weiter! Tex und ich machen uns so langsam auf den Weg nach Hause.«

Auch Max schloss sich an. Ein wenig schwankend liefen wir auf die Straße, wo bereits ein Taxi auf uns wartete.

Ohne große Zwischenfälle erreichten wir mein Haus. Tatsächlich war noch immer ein Fernsehteam dort und die zugehörigen Reporter erwachten schnell aus ihrer ruhigen Starre, als sie das Taxi vorfahren sahen.

»Herr Recker, Herr Theisendorf, haben Sie ihr Spiel noch gefeiert?«

Die Kamera war auf uns gerichtet. Tex zahlte das Taxi, während ich Max zur Tür schob und ihm den Schlüssel in die Hand drückte.

»Ja, wir haben gefeiert. Und nun werden wir in Ruhe ins Bett gehen.«

Tex war schon auf dem Weg zur Haustür und ich folgte sofort. Als ich die Tür hinter mir schloss, war endlich alles vorbei. Wir waren zu Hause. Ich ließ mich in Felix Arme fallen und wir wollten nur noch schlafen.

Zuvor bekam Max noch Wasser für die Nacht und wir putzen uns die Zähne. Kurz darauf lagen wir aneinander gekuschelt im Bett.

»Ja, ich möchte dich heiraten«, flüsterte ich Tex noch einmal zu. »Und ich will dich!«

Schon spürte ich eine Hand an meinem Rücken, die auf und nieder streichelte, ich spürte seinen harten Schwanz, der sich an meinem Loch rieb. Und ich wurde sofort geil. Felix verteilte zügig etwas Gleitgel und drang schnell und hart in mich ein. Ich stöhnte auf, zu Beginn noch mehr aus Schmerz als aus Geilheit. Aber bald hatte ich mich an Tex gewöhnt und er konnte sich in mir bewegen. Ich drehte mich auf den Bauch und er kam mir nach. Mein Schwanz war hart und rieb sich an der Matratze. Felix knallte mich durch. Im wahrsten Sinn des Wortes. Ich konnte und wollte nicht leise sein und war mir sicher, dass sein Bruder uns hören würde. Also stöhnte ich, so gut es ging, in mein Kopfkissen. Hart und schnell fickte mich Felix durch und es dauerte nicht lange, bis er sich in mir ergoss. Das allein reichte manchmal schon, um auch mich zum Orgasmus zu bringen, doch dieses Mal wollte ich nicht noch das Laken wechseln. Daher drehte ich mich schnell um. Felix nutzte diese Gelegenheit und stülpte seinen Mund über meinen Schwanz. Es brauchte nicht mehr viel, bis ich meinen Orgasmus lauter hinausschrie, als ich wollte und in seinem Mund kam. Dies war die sauberste Lösung, denn er schluckte alles. Nur die leicht feuchte Spur von meinem Schwanz war auf dem Laken, aber das war uns beiden heute Nacht egal.

»Sorry, ich hoffe, ich war nicht zu wild? Aber ich musste mit meiner Energie irgendwo hin.«

»Ich sage schon, wenn mich etwas stört.« Dabei kniff ich leicht in seine Brustwarze und gab ihm einen Kuss.

»Gute Nacht, du geouteter schwuler Torwart und Verlobter!«

»Gute Nacht, mein liebster Mittelfeldspieler und Verlobter.«

In dieser Nacht schliefen wir noch enger aneinander gekuschelt ein.

Kapitel 15

Am nächsten Tag beschäftigten wir uns mit der Nachlese des Spiels in der Presse. Immerhin hatten wir ja frei bekommen, was nach unserer Feier auch dringend notwendig war.

Zwar sollten wir ein privates Auslaufen nicht vergessen, aber das hatten Tex und ich auf den Nachmittag verschoben, wenn unsere Köpfe nicht mehr ganz so schwer waren und wir wieder allein waren.

Tex Mutter und auch sein Bruder hatten sich nach dem Frühstück verabschiedet und waren wieder zurück nach Hause gefahren.

Nun lagen die Zeitungen auf dem Tisch, die Max beim Brötchenkauf mitgebracht hatte.

»Sensationelle Einigkeit über die Vereinsgrenzen hinweg. FC Neuenstein und ihre gestrigen Gegner demonstrieren den Fans Zusammenhalt.«

»Homosexualität im Fußball wird salonfähig. Es wurde Zeit!«

»Werden Fans in Zukunft immer durch Spielverläufe unter Druck gesetzt? Was zählt noch von der Meinung der Fans?«

»Neuenstein setzt Fans unter Druck. Toleranz nur mit Druck möglich?«

Das waren nur einige der Überschriften, die wir auf den ersten Seiten der Tageszeitungen lesen konnten. Offenbar waren nicht alle mit unserer Taktik einverstanden.

Freilich hatten auch diese Zeitungen beteuert, dass Toleranz wichtig sei, allerdings sei die Art und Weise der Einforderung der Toleranz nicht der Weg, den man gehen solle.

»Wann heiraten wir?«, fragte Tex in die Stille, während ich die Überschriften und Artikel las.

Verträumt schaute ich zu meinem Verlobten. Dieser Gedanke war mir beinahe schon in dem ganzen medialen und familiären Trubel untergegangen.

»In der Sommerpause, oder? Nach Ende der Saison.«

»Das ist nicht mehr lange hin, das ist dir klar, oder?«

»Es muss ja keine riesige Feier sein. Unsere Familien. Die Jungs vom Verein und ein paar Freunde. Das war doch gestern Abend zur Party quasi die Generalprobe. Mehr müssten es ja nicht sein.«

Nachdenklich legte Tex seinen Finger an die Wange.

»Aber nicht im Da'Ugo. Da muss schon ein anderer Schuppen her.«

»Darüber können wir ja noch reden. Aber erst einmal sollten wir uns um das Standesamt kümmern, meinst du nicht? Wir müssen einen Termin beantragen. Und dann können wir weiter sehen. Glaube ich zumindest. Ich habe noch nie geheiratet.«

»Ich auch nicht.«

»Dann informieren wir uns mal ...«

Und das taten wir. Den Nachmittag des freien Montags verbrachten wir in der Stadt. Tex wollte neue Klamotten kaufen. Ich fragte ihn und mich selbst zwar, ob das unbedingt am Tag nach unserem ersten Spiel als schwuler Fußballer sein musste, aber er drängte darauf, dass wir in den Alltag zurückfinden müssten. Wir dürften uns nicht verstecken.

Und wo er Recht hatte, da hatte er Recht.

Für die Kaffeezeit hatte ich uns mit Mario und Sandra verabredet. Die beiden wollten auch in die Stadt kommen. Doch zuvor wühlten wir uns im wahrsten Sinn durch mehrere Bekleidungsgeschäfte.

Dass wir natürlich erkannt wurden, war dabei unvermeidlich. Die Reaktionen waren so unterschiedlich wie die Überschriften in den heutigen Zeitungen.

Von »schwulem Pack« war einmal die Rede, aber es gab auch Glückwünsche zum Outing und zum Sieg.

Ein Verkäufer machte sich sogar ziemlich offenkundig an Tex heran. Wunderte es mich? Einerseits nein, denn er war schon ein verdammt attraktiver Mann. Er hatte noch immer die Wirkung auf mich, die er ganz am Anfang hatte. Zwar stammelte ich nicht mehr wie ein verliebter Teenager in seiner Gegenwart, aber manchmal haute mich seine Schönheit einfach um.

Andererseits musste dieser Verkäufer auch wissen, dass Tex zwar schwul war, mir aber vor aller Welt einen Heiratsantrag gemacht hatte. Aber da war sie wieder, die oftmals so oberflächliche Welt der Schwulen. Sex und Liebe mussten nicht immer Hand in Hand gehen. Diese Lektion hatte ich bei unserem Dreier selbst unterrichtet. Ob ich sie auch gelernt hatte? Jedenfalls wurde ich mir dieser Tatsache bewusst, weil der Verkäufer so schamlos vorging – und das auch noch in meiner Gegenwart.

Tex ließ ihn abblitzen. Sein gewünschtes Kleidungsstück hatte er dennoch gekauft.

Um Geld oder den Preis brauchten wir uns nach wie vor keine Sorgen zu machen. Bei einem Einkommen von 5 Millionen im Jahr gehörten finanzielle Sorgen zu den absoluten Nebensächlichkeiten. Wie viel Felix im Jahr verdiente, hatte er mir bis dahin übrigens nie gesagt und ich hatte nicht gefragt.

Wir schlenderten noch durch die Fußgängerzone und waren noch in dem einen oder anderen Laden, aber etwas Notwendiges fanden wir nicht.

»Es wird langsam Zeit«, mahnte ich mit einem Blick auf die Uhr. Schließlich waren wir mit Mario und Sanni verabredet.

»Dann lass uns gehen«, seufzte er. »Die Hose ist zwar toll, aber ich brauche sie nicht wirklich.«

Wir erreichten das Café in einem kleinen Innenhof kurz vor der vereinbarten Zeit. Draußen war noch ein Tisch frei, den wir sofort okkupierten. Auf einen Stuhl stellten wir die Taschen, auf die zwei anderen setzten wir uns.

Der Außenbereich dieses Cafés hatte einen natürlichen Sichtschutz durch riesengroße Blumenkübel, in denen irgendwelches Grünzeug wucherte.

Der Kellner begrüßte uns, legte zwei Karten auf den Tisch und beachtete uns nicht weiter, was vielleicht daran lag, dass wir beide noch unsere Sonnenbrillen auf der Nase hatten und mit der Ablage der Einkäufe beschäftigt waren.

Kurz nachdem wir saßen, kamen auch schon Mario und Sanni hinter einem Busch hervor, sahen sich kurz um und kamen dann auf uns zu.

»Hey, ihr geouteten Fußballer!«

Er umarmte uns beide.

»Hallo, Trauzeuge!«, begrüßte ich ihn.

Auch Sandra wurde mit einer Umarmung und einem Küsschen begrüßt.

Als wir alle wieder saßen, kam der Kellner. Allerdings hatten wir inzwischen unsere Sonnenbrillen abgelegt. Das führte zu dem Blick. Einem

Blick, der sich in den meisten Fällen ähnelte. Es war ein erstes vorsichtiges Anschauen, dann ein Nachdenken, ein Deuten, ein erneuter Blick bis hin zu den geweiteten Pupillen, die das Erkennen signalisierten. Danach folgte in der Regel irgendeine Art von Reaktion: Ein Lächeln, ein krampfhaftes Suchen nach Papier oder dem Handy oder aber ein betont lässig cooles Grinsen ohne ein weiteres Wort.

Im Fall des Kellners war es letzteres.

Er sprach uns nicht darauf an, wer wir waren, er grinste nur wissend und cool und nahm unsere Bestellungen auf.

»Wollt ihr auch Kuchen? Wir haben drinnen eine große Auswahl.«

Ich verneinte, aber die anderen machten sich auf den Weg zur Kuchentheke.

»Ihr seid es wirklich, oder?« Jetzt sprach er mich also doch an. »Was, wenn ich Nein sage?«

»Dann glaube ich es dir nicht. Ich bin übrigens Sebastian. Basti. Wenn etwas ist, einfach rufen.«

Und schon war er verschwunden.

Schnatternd kamen die drei von der innen liegenden Kuchentheke wieder heraus.

»Ich bin sein Trauzeuge, du wirst dir einen eigenen suchen müssen«, hörte ich Mario noch sagen. »Und natürlich wird es einen Junggesellenabschied geben.« Er grinste triumphierend.

Ich hingegen verdrehte die Augen.

»Mach nicht zu viel Heckmeck um die Sache. Es wird eine Hochzeit, kein Staatsbankett.«

»Es wird eine schöne Hochzeit für meinen besten Freund mit allem Drum und Dran!«

Die nächste halbe Stunde war also gut damit gefüllt, die Hochzeit zu planen oder eher Mario seine Pläne wieder auszutreiben. Auf einen Junggesellenabschied beharrte er allerdings.

»Und ohne deine Fußballer. Die sind alle viel zu vernünftig. An dem Tag gibt's Alkohol!«

»Pfff …«, machte Tex. »In der Sommerpause können wir schon auch mal feiern. Sogar mit Alkohol. Aber dein Plan macht mir schon etwas Sorgen. Ich möchte nicht, dass Daniel total verknittert und mit einem Kater bei der Hochzeit auftaucht.«

»Keine Sorge! Ich komme schon unzerknittert und katerlos zur Hochzeit.«

»Das haben schon andere behauptet …«

Zum Zahlen der Rechnung kam der Kellner dann doch noch mit einem Autogramm-Wunsch, welchen wir ihm gern erfüllten.

Am Tag danach lief das Training wieder an. Außerdem gab es eine Besprechung zur Nachlese der Ereignisse beim Spiel am Sonntag.

Der Präsident lobte unsere Besonnenheit und auch den Vorschlag von Nikolas, sowie die Kooperation unserer Gegner. Er warnte aber auch davor, dass nicht jeder Gegner so einfach zu überzeugen wäre und dass wir nun nicht bei jedem Spiel so reagieren könnten, wie wir es am Sonntag getan haben.

Außerdem klärte er uns darüber auf, dass ein Sponsor seinen Vertrag gekündigt habe.

Ein Nudelproduzent aus Italien, der seit je her das klassische Familienbild unterstützte, wollte nicht mit Homosexualität in Verbindung gebracht werden.

Günter Flamm wollte das bei einer der nächsten Pressekonferenzen durchaus anbringen. Alle anderen Sponsoren waren noch bei der Stange geblieben. Auch unsere persönlichen Ausstatter hatten uns E-Mails mit bestätigenden Worten geschickt. Dieser Erdrutsch blieb also im Großen und Ganzen aus. Sicher auch deshalb, weil viele der Sponsoren wussten, dass sie Kunden verlieren würden, wenn sie uns die Verträge kündigen würden.

Und dann kam, was kommen musste - das zweite Spiel der neuen Zeitrechnung. Das zweite Spiel in einer Zeitrechnung, in der es schwule Fußballer nicht nur in der Theorie, sondern auch in der Praxis gab.

Die üblichen Regeln des Fußballs wollten es, dass es sich dabei um ein Auswärtsspiel handelte, nachdem das letzte Spiel ein Heimspiel war.

Tatsächlich bekam ich vor dem Spiel eine Nachricht von Patrick, der uns das Ganze in gewisser Hinsicht eingebrockt hatte. Er gratulierte uns ziemlich scheinheilig zum Outing und wünschte uns viel Glück für das Spiel.

Eine Antwort hat er von mir nicht bekommen.

Wir bestiegen also, wie schon unzählige Male zuvor, den Bus, an dessen Steuer heute nicht Steven saß. Er würde uns am Flughafen in Düsseldorf abholen und war mit dem anderen Bus schon vorausgefahren.

Mit unserem Gegner war nicht zu spaßen. Es würde ein hartes Spiel werden gegen einen harten Gegner. Die Chance, dass wir wieder 4:0 führen würden und am Ende ein Zeichen setzen konnten, war relativ gering.

Trotzdem waren wir bestmöglich vorbereitet, taktisch, wie auch von der Fitness her.

Nach den üblichen Autogrammen an der Schranke, bei denen die Stimmung ziemlich gut war, machte sich der Bus auf den Weg zum Flughafen. Auch dort verlief alles ruhig.

Einzig beim Aussteigen aus dem Bus und auf dem Weg ins Mannschaftshotel hatte es jemand vorgezogen, uns mit Tomaten zu bewerfen. Seine Wurftechnik war allerdings so mies und er selbst offenbar so weit weg, dass die Tomaten uns nicht mal im Entferntesten trafen.

Der Täter wurde von Sicherheitskräften daran gehindert, seine Angriffe fortzusetzen, und so konnten wir ohne weitere Zwischenfälle unsere Zimmer beziehen.

Ein zweifelsohne schwuler junger Mitarbeiter an der Rezeption, der mit uns flirtete, übergab uns die Zimmerkarte.

»Ich gehe noch in die Sauna«, ließ ich Tex am Abend wissen. Ich ahnte, dass er nicht mitkommen würde. Für so etwas war er meistens nicht mehr zu haben.

Stattdessen wollte er noch E-Mails beantworten und seine Social-Media-Kanäle füttern und die Reaktionen weiter verfolgen.

In kurzer Hose und Shirt, mit Badelatschen an den Füßen machte ich mich auf den Weg in die hoteleigene Sauna.

Unterwegs grüßte mich der nette Mitarbeiter der Rezeption. »Auf in die Sauna?«, fragte er spitzbübisch und ich bejahte.

Ich erreichte das Dachgeschoss des Hotels. Denn der Spa-Bereich war hier ganz oben angesiedelt.

Zwar war der Bereich nicht eigens für uns abgesperrt, aber für die meisten war es offenbar schon zu spät für einen Saunagang. Ich nahm mir also ein frisches Handtuch aus einem Regal, zog mich nackt aus und betrat die leere Kabine, drehte meine Sanduhr um und legte mich auf die untere Bank. Nach den ersten 10 Minuten nahm ich eine ausgiebige Dusche und legte mich ein weiteres Mal in die Kabine, diesmal auf die obere Liege. Das Handtuch hatte ich um die Hüften gewickelt. Fotos durch die Kabinentür gemacht und bei Instagram hochgeladen, brauchte ich nicht wirklich.

Ich hatte gerade meine Augen geschlossen, als ich hörte, dass die Tür geöffnet wurde. Ich beschloss, dem Ankömmling keine Beachtung zu schenken, und behielt meine Augen geschlossen.

Erst als ich eine Hand an meinem Oberschenkel spürte, die sich aufwärts in den Strafraum bewegte, öffnete ich meine Augen und sah auf der Liege unter mir den Mitarbeiter des Hotels sitzen und mich forsch angrinsen.

»Etwas Entspannung nötig?«

»Nein, danke! Wie Sie vermutlich mitbekommen haben, bin ich in festen Händen.«

Doch das beirrte ihn nicht im Geringsten.

»Würden Sie das bitte lassen!«

Ich rappelte mich von der Liege hoch, doch ein Handtuch ist keine sonderlich dankbare Kleidung, wenn man einem zudringlichen Fremden einen Einblick in die intimsten Stellen verwehren möchte. Ich musste gleichzeitig seine Hände von meinem Körper weg und das Handtuch geschlossen halten.

»Nun zier dich doch nicht so. Ich weiß doch, dass du es willst. Lass mich dir einen blasen.«

Mit der Aussprache des Satzes hatte er es geschafft, mir das Handtuch erfolgreich zu öffnen.

Geöffnet wurde auch die Tür. Ich hatte mich zwar bereits aufgerappelt, aber dieser dämliche Fuzzi hatte seinen Kopf mehr oder weniger in meinem Schoß, was für einen hereinkommenden anderen Menschen zwangsläufig so aussehen müsste, als würde er mir gerade meine Lust befriedigen.

»Ich störe wohl«, hörte ich Felix schneidende Stimme. Der Hotel-Boy war so irritiert, dass ich mich ihm entwinden konnte. Mit Handtuch.

»Gut, dass du kommst! Dieser … Typ hier wollte …«

Ich fuchtelte mit den Armen.

Ich sprang endgültig von der Liege auf und ging auf Felix zu. Doch der drehte sich nur wortlos um und verließ mit schnellen Schritten den Saunabereich.

»Felix …«, rief ich ihm nach. Ich drehte mich noch ein letztes Mal zu dem Typen um, warf ihm einen vernichtenden Blick zu, schnappte meine Kleidung aus dem Regal und lief nur mit dem Handtuch bekleidet Felix hinterher.

»Felix, bleib doch stehen! Bitte!«

Auch er hatte sich die Kleidung nicht wieder angezogen. Im Gegensatz zu mir hatte er allerdings seine Klamotten in der Sauna vergessen.

Das schien ihm auch einzufallen, als er sich zu mir umdrehte und das Bündel in meinen Händen sah.

»Fuck!«, schimpfte er, musste aber trotzdem leicht grinsen.

Ich blieb vor ihm stehen. »Felix?!«

»Ach, Mann … sorry«, grummelte er genervt. »Das hat gerade wirklich so ausgesehen, als ob er …«

»Schon gut. Ich weiß. Und es war richtig mies von ihm. Aber ich wollte auch nichts von ihm.«

Mit niedergeschlagenen Augen stand ich vor ihm.

»Ich weiß«, seufzte er. »Ich liebe dich, Dani!«

»Und ich dich. Nur dich!«

»Ich hole schnell meine Klamotten und dann gebe ich dem Typen noch eine auf die Nuss!«

»Bitte nicht! Denk an die Schlagzeilen!«

»Und deshalb darf uns jetzt jeder anbaggern, nur weil wir als schwul geoutet sind?«

»Das ist der Preis, den wir zahlen, um in der zügellosen und sexualisierten Welt der Schwulen aufgenommen zu werden«, seufzte ich.

Am Tag nach unserer Ankunft betraten wir zum ersten Mal seit unserem Outing den Rasen eines fremden Stadions zum Aufwärmen. Die

Reaktionen waren mal wieder zwiegespalten. Es war nicht eindeutig auszumachen, ob die Fans auf unserer Seite standen oder ob sie gegen uns waren.

Es gab sowohl Pfiffe als auch Applaus. Es gab sowohl Regenbogenfahnen als auch Transparente.

Was uns allerdings wirklich überraschte und erfreute, war, dass unsere Gegner mit Regenbogen-Armbinden aufliefen. Tex und ich wurden besonders herzlich begrüßt.

Einer der Spieler raunte mir zu: »Glückwunsch. Wir haben auch einen Kollegen in unseren Reihen. Vielleicht hat er es durch euch ja einfacher.«

»Wenn er Hilfe braucht, kann er sich jederzeit gerne melden.«

Das war alles, was ich in der Kürze der Zeit antworten konnte. Aber die Botschaft kam an. Ich wurde kurz umarmt, dann konnten wir uns warm machen.

Während der Aufwärmübungen versuchte ich, den Kader zu scannen und überlegte, wer aus der anderen Mannschaft wohl gemeint war. Aber ich konnte keinerlei eindeutige Kontaktversuche ausmachen. Kein Augenkontakt. Kein Lächeln. Nichts. Aber immerhin hatten wir nun auch die quasi offizielle Bestätigung, dass wir nicht allein waren.

Nach einigen Torschuss-Übungen, Lauf- und Dehnübungen gingen wir noch einmal in die Kabine zurück, um uns das Auswärtstrikot anzuziehen. Statt in unseren schwarzgoldenen Trikots durften wir hier mit den Weißgoldenen auflaufen.

»Mit der Nummer 1: Felix, Tex …«

»… Theisendorf!«, war die gewohnte Antwort. Aber wie üblich bei Auswärtsspielen wurde sie nicht ganz so laut gerufen, wie bei unseren Heimspielen. Das war also völlig normal.

»Mit der Nummer 18: Daniel …«

»… Recker!« Auch diese Antwort und ihre Lautstärke ließen auf nichts schließen.

Unsere Gastgeber liefen tatsächlich mit einer Art langem Regenbogen-Schal auf, den sie sich vom Kapitän bis zum letzten Spieler vor die Brust hielten.

»Als Zeichen der Unterstützung für unsere Gäste und als Zeichen der Toleranz«, verkündete der Stadionsprecher, »spielen wir heute mit dem Regenbogen am Arm.«

Eine Idee, auf die wir noch nicht gekommen waren. Umso gerührter waren wir, als wir alle miteinander abklatschten. Ich versuchte dabei, jedem möglichst tief in die Augen zu schauen, konnte aber noch immer nichts ausmachen. Vielleicht saß derjenige, um den es ging, ja auch auf der Bank.

Das Spiel wurde ohne irgendwelche Zwischenfälle angepfiffen. Die Transparente wurden weder weniger noch mehr.

Allerdings setzten uns die Gastgeber ziemlich unter Druck. Es war letztlich Tex zu verdanken, dass sie nach 10 Minuten nicht schon mit 2:0 in Führung gegangen waren. Eigentlich war das für ihn sogar gut. Er konnte beweisen, dass er auch als schwuler Torwart noch parieren konnte. Danach kam eine Phase des gegenseitigen Belauerns. Kein Angriff ging mehr wirklich durch, weder von uns noch von den Gastgebern. Es war verzwickt und ziemlich schwer, an der Abwehr vorbei zu kommen.

Leutrim und ich versuchten es mehrfach, wir wurden auch mit guten Bällen bedient, jedoch richteten wir nichts aus. Die Verteidigung war bis zum Halbzeitpfiff zu gut.

Beinahe war die Pause eine richtige Erlösung aus dem Patt. Außerdem brauchten wir neuen Input, den wir durch unseren Videoanalysten bekamen. Er zeigte uns unsere Fehler auf und wir versuchten, uns die Dinge so zu merken, dass wir sie in der zweiten Hälfte besser machen konnten.

Nach aufmunternden und ermutigenden Worten unseres Trainers verließen wir die Kabine zur zweiten Halbzeit. So eindeutig unentschieden wie das Spiel bisher waren auch die Fans.

Das änderte sich, als wir in der 60. Minute in Führung gehen konnten. Waren die Fangesänge bis dahin noch mäßig, so wurden sie jetzt mindestens doppelt so laut.

Leider konnten wir den Vorsprung nicht halten und Tex musste in der 75. Minute hinter sich ins Netz greifen. Der Ausgleich führte wieder zu einer gewissen Lethargie.

Es gab keine Möglichkeit mehr, die Lage noch herum zu reißen. Wir kamen einfach nicht durch. Wenigstens konnte Tex noch einmal glänzen, als er einen weiteren Torschuss vereitelte.

Abpfiff. Unentschieden.

Sofort lief ich auf unsere Gegner zu und klatschte mit ihnen ab. Dabei bedankte ich mich auch für das starke Zeichen, das sie heute beim Spiel gesetzt hatten.

Ein junger Blondschopf, der auf der Ersatzbank der Gegner gesessen hatte, kam ebenfalls auf den Rasen. Fast schüchtern wollte auch er mit mir abklatschen.

Er konnte mir beinahe nicht in die Augen schauen und ich ahnte, warum.

»Danke«, flüsterte er mir zu.

»Wenn du Hilfe brauchst, kannst du dich jederzeit melden.«

Mehr Worte bedurfte es nicht. Ich sah es an seiner Reaktion, dass er schwul war. Für ihn schien die Zeit noch nicht gekommen zu sein.

Heute waren Gott sei Dank einmal andere dran, die zu den Interviews durften.

Wie üblich war ein Bildschirm in der Kabine aufgehängt, auf dem wir während des Umziehens die Interviews verfolgen konnten.

»Ihre Mannschaft konnte heute nicht überzeugen«, war die erste Aussage des Reporters, der Nikolas am Wickel hatte. »Lag es auch daran, dass Sie in dieser Woche andere Themen hatten als die Vorbereitung auf dieses Spiel? Sind das die Nachwirkungen des Outings Ihrer beiden Mitspieler?«

»Wir haben uns auf dieses Spiel vorbereitet, wie auf jedes andere auch. Wir hatten es mit einem starken Gegner zu tun, dem wir stark in die Parade gefahren sind. Ganz besonders Felix hat heute eine super Leistung gezeigt. Und ich will es gleich vorwegnehmen: Wir sind unseren Gastgebern für die heutige Geste sehr dankbar.«

»Sie haben also keinen Leistungsabfall innerhalb der Mannschaft festgestellt?«

»Nein.«

»Aber warum sind dann Amiri, Recker und Ihr Kapitän Marius Müller heute nicht durchgedrungen? Woran lag es?«

»Ich sagte bereits: Wir hatten einen starken Gegner. Die Abwehr stand einfach wie eine Eins. Es ist immer eine gemeinsame Leistung des Teams. Nicht diese drei Spieler haben den Sieg vereitelt. Es war auch eine Leistung unserer Abwehr und unseres Torwarts, dass wir nicht verloren haben.«

»Sehen Sie ihre Mannschaft durch das Outing der zwei Mitspieler geschwächt?«

»Wissen Sie, ich sehe die Jungs jeden Tag im Training. Ich sehe, dass sie ganz und gar nicht schwach sind. Wenn sie geschwächt werden, dann durch die Fans und mit Verlaub durch so dämliche Fragen wie Ihre.«

Damit drehte sich Nikolas um und verließ ohne ein weiteres Wort das Interview.

»Starke Worte, Nikolas!« Marius stand anerkennend vor dem Bildschirm.

Dann sah ich plötzlich den jungen Blondschopf auf dem Bildschirm dem Reporter gegenüber stehen.

Er war nicht einmal eingewechselt worden. Daher verstand ich nicht, warum er zum Interview gebeten worden war.

Ich hielt den Atem an und hoffte, dass er sich nicht durch uns zu einem Outing genötigt sah.

Kapitel 16

»Ihr Trainer berichtete, es sei Ihre Idee gewesen, heute mit den Regenbogenfahnen aufzulaufen?!«, wurde er vom Reporter angesprochen. Und weiter hoffte ich inständig, dass er jetzt kein Outing hinlegte. Mein Bauchgefühl sagte mir, dass er nicht so weit war. Ich hatte immerhin Tex in der gleichen Mannschaft. Er war jünger und ich war nicht sicher, ob er bereits in der Mannschaft geoutet war oder ob sein Trainer im Bilde war.

In unserem Verein wussten wir die Führung hinter uns. Ob er darauf zählen konnte?

»Ja! Ich hatte das Gefühl, dass wir etwas tun sollten, um ein Zeichen zu setzen. Und ich hoffe, dass es in allen Vereinen angekommen ist. Immerhin können wir davon ausgehen, dass Felix und Daniel von Neuenstein nicht die Einzigen sind.«

»Wissen Sie von anderen schwulen Spielern?«

»Ja«, war seine knappe Antwort. Und ich wusste, dass er sich selbst damit meinte.

»Sie werden es uns aber nicht verraten, wen Sie kennen, oder?«

Er lächelte nur verlegen. Damit war das Interview beendet.

Nach der Dusche und dem Anziehen ging es ins Hotel zurück. Wir ließen den Abend noch an der Bar ausklingen. Zwar hatten wir nicht gewonnen, aber eben auch nicht verloren. Außerdem waren wir ziemlich dankbar für das gesetzte Zeichen.

Die folgenden Spieltage waren eher erfolgreich für uns, sodass wir uns tatsächlich auf dem ersten Platz der Tabelle wiederfanden.

Es standen allerdings noch zwei Spieltage an und unsere stärksten Gegner konnten uns noch einholen.

Die Reaktionen der Fans bei den Spielen blieben in einem normalen Rahmen. Zwar gab es auch negative Reaktionen, aber wir hatten zumindest den Eindruck, dass die positiven überwogen. Auch die Leistung von Tex hatte sicher ihren Teil dazu beigetragen, dass man uns eher zujubelte, als auspfiff. Er hielt seinen Kasten erfolgreich sauber. Ich konnte ebenfalls mit meiner Leistung überzeugen. Das Zusammenspiel mit Leutrim war besser denn je.

Die Planungen der Hochzeit gingen ebenfalls voran. Mario hatte sich dankenswerterweise um die Bestellung eines Restaurants gekümmert. Wobei es eher kein Restaurant war, sondern ein Landgut an einem unserer Seen der Umgebung. Dort konnten wir sowohl übernachten als auch mit den Gästen draußen feiern. Im Fall von schlechtem Wetter war aber auch eine Verlegung nach innen möglich. Tex war mit der Location einverstanden und die Betreiber waren aufs Höchste erfreut, unsere Hochzeit ausrichten zu dürfen.

Die Einladungen waren verschickt und die Rückmeldungen waren durchweg positiv. Einzelne Absagen waren wahrscheinlich ganz normal.

»Rechnen Sie auch damit, dass die Presse anwesend sein wird?«, wurde ich vom Chef des Landgutes gefragt, als wir zur Planung dort waren.

»Eingeladen sind sie nicht. Aber ich nehme an, dass es sich die Presse nicht nehmen lassen wird, bei der ersten schwulen Hochzeit von zwei Fußballern anwesend zu sein.« Tex grinste Herrn Da Costa, den Betreiber, an.

»Wünschen Sie, dass wir die Presse vom Gelände fernhalten?«

»Sie haben doch Zäune? Schließen wir einfach das Tor, sobald alle drinnen sind. Wer dann noch drüber klettert, begeht Hausfriedensbruch.«

So war es beschlossen und verkündet.

Sitzordnungen und die Menüfolge mussten ebenso besprochen werden wie der Wein zum Essen und die Blumendekoration.

Felix Bruder Max war dankbar, dass er nicht so viel tun musste, denn er hätte dafür aus Frankfurt anreisen müssen, was für ihn im Job ohnehin nur am Wochenende möglich war, und da waren wir ja bekanntermaßen alle zwei Wochenenden zu einem Auswärtsspiel unterwegs.

Mario war ich wirklich dankbar für seine Hilfe, seine Unterstützung und die ganze Organisation. Doch bei der Auswahl des Weines wollte er uns einfach nicht helfen. Also mussten Tex und ich uns durch diverse Weiß- und Rotweine probieren. Mario saß amüsiert daneben und hatte darauf spekuliert, dass er den großen Schlitten von Tex nach Hause fahren durfte. Und so kam es natürlich auch.

Die Entscheidung über die Meisterschaft sollte erst im letzten Spiel fallen.

Im Falle eines Sieges hatten wir den Titel in der Tasche. Im Falle einer Niederlage würden unsere stärksten Gegner mal wieder die Schale in die Höhe halten. Wenn die anderen verloren, dann waren wir ebenfalls noch immer vorne.

Es war eine ähnliche Situation wie schon in meinem ersten Jahr, als ich in Neuenstein spielte.

Zwar machte das die ganze Sache spannend. Unsere Vereinsführung befürchtete aber auch Ausschreitungen zwischen den Fans, die uns – speziell Felix und mich – unterstützten und jenen, die es eben nicht taten. Die Frage der Meisterschaft würde also über die Frage entscheiden, ob schwule Männer Fußball spielen konnten oder nicht. So zumindest unkten es auch die Tageszeitungen.

»Entscheidet die Meisterschaft über Wohl und Wehe von Recker und Theisendorf?«

»Fans drohen: Die Schwulen sind schuld, wenn wir nicht Meister werden.«

»Es kann noch einmal ruppig werden«, ließ unser Vorsitzender Günter Flamm durchblicken. »Wir können es uns im Kampf um die Meisterschaft allerdings nicht leisten, die Fans nochmals unter Druck zu setzen oder das Spiel einzustellen.«

»Das ist uns klar«, ließ ich für Tex und mich wissen. »Wir werden alles geben. Müssen. Natürlich wollen wir den Titel.«

»Lasst euch also von den Idioten nicht runter ziehen!«

Er überlegte kurz.

»Sollte es aber zu unfair werden, dann verzichten wir lieber auf den Titel.«

Damit ließ er uns stehen und wir schauten uns verwundert an.

»Ich komme übrigens gern zu eurer Hochzeit.« Nikolas hatte uns abgefangen, als wir gerade das Gelände verlassen wollten.

»Wenn ich …«, druckste er herum, »… jemanden mitbringen darf?«

Er strahlte mich dabei so sehr an, dass ich ihm den Wunsch natürlich nicht abschlagen konnte. »Du bist also unter die Haube gekommen?«

Er bestätigte das und wurde dabei leicht rot im Gesicht. »Ja, nach all den Jahren habe ich endlich jemanden gefunden, der meine Schale geknackt hat. Kathrin geht es nur um mich, nicht um mein Geld, nicht um mein Ansehen. Sie …«, wieder stockte er, »… weiß sogar, na ja … von damals. Also in meiner U-Mannschaft.«

Ich wusste, dass er auf den Missbrauch anspielte. Als ihm ein älterer Spieler die Förderung seiner Karriere für sexuelle Gefälligkeiten versprochen hatte. Die Leistungen von Nikolas hatte er zwar bekommen, sich aber nie entsprechend revanchiert.

»Dann ist Kathrin uns natürlich willkommen.«

»Sorry für die späte Meldung. Aber ich wollte mir sicher sein, wenn ich sie mitbringe. Immerhin wird sie quasi die ganze Mannschaft kennenlernen. Das ist dann schon so etwas wie eine offizielle Bekanntgabe. Ich vermute, ganz ohne Presse wird es bei euch nicht ablaufen.«

Dabei zwinkerte er uns zu.

Auf dem Weg zum letzten Spiel hörten wir im Bus, dass es bereits zu Handgreiflichkeiten zwischen den Fans gekommen war. Offenbar aber nicht zwischen unseren Fans und denen der Gegner, sondern innerhalb unserer Fans. Es gab da die Recker-Theisendorf-Fraktion, die uns unterstützte und natürlich jene, die sagten, wir hätten im Fußball und vor allem im Verein nichts mehr verloren.

»Mehrere Fans vom FC Neuenstein festgenommen. Einige mussten ins Krankenhaus eingeliefert werden«, war in den Überschriften der Online-Medien zu lesen. Entnervt warf ich mein Handy in meine Sporttasche. Ich wollte bis zum Ende des Spiels davon nichts mehr wissen. Was waren das doch für Idioten. Wieso konnten sie uns nicht einfach in Ruhe spielen lassen?

Ich wurde allerdings überrascht, als unser Präsident noch vor dem Spiel eine Ansprache an die Fans hielt. Wir waren noch nicht einmal zum Aufwärmen auf dem Platz. Er hatte sich ein Megafon geben lassen, wie uns später berichtet wurde, und bat die Fans eindringlich, uns heute die Meisterschaft holen zu lassen. Dies ginge nur im Team. Mit allen, wie er betonte.

Es war eine äußerst ungewöhnliche Maßnahme, aber sie zeigte Wirkung. Die Fans verhielten sich ruhig. Es gab keinerlei Banner und keine schwulenfeindlichen Parolen.

Dass es hier um die Meisterschaft ging, war wohl den meisten ein eindrückliches Argument.

Nach 90 Minuten und der Nachspielzeit war es das Wichtigste, dass Tex seinen Kasten sauber hielt. Die Null stand. Allerdings stand vorne ebenfalls eine Zahl.

Und das war nicht weniger als eine stolze Zwei.

Das erste Tor fiel relativ früh. Marius hatte bereits in der 12. Minute zum 1:0 eingenetzt.

Als wir in der 20. Minute zu Recht einen Elfmeter kassierten, war es Tex, der diesen vereitelte.

Die übrigen Minuten vergingen zäh und jeder hoffte, dass die Minuten möglichst schnell vergingen. Doch der Sand rieselte zäh durch die Uhr. Viel zu zäh. So als sei er mit Wasser zu einem Brei vermischt worden, der sich quälend langsam den Weg der Schwerkraft bahnte.

»Tooooooooooooooor durch unsere Nummer 18: Daniel …«, tönte der Stadionsprecher zwei Minuten vor Schluss.

»… Recker!«

»Wir haben einen neuen Spielstand! Der FC Neuenstein führt mit zwei zu …«

»Nuuuuuuuuuull!«

Damit war es endgültig um die Stimmung im Stadion geschehen. Jeder wusste, dass an diesem Ergebnis nichts mehr zu rütteln war. Wir hatten den Sack zu gemacht. Wir, das waren in diesem Fall Jonas und ich. Wir hatten in einem atemberaubenden Passspiel die Gegner ausgetrickst und Jonas überließ es mir, den Ball über die Torlinie rollen zu lassen. Unser gegnerischer Torwart war ausgerutscht und es war klar, dass er nie und nimmer rechtzeitig zurück sein konnte. In aller Ruhe legte mir Jonas den Ball vor den Fuß, den er auch selbst hätte rein schießen können. Es genügte ein kleiner Schubs von mir.

»Shit, warum hast du nicht geschossen?«, maulte ich ihn schon beinahe beleidigt an. Es hätte nämlich auch schiefgehen können.

»Weil wir nur im Team stark sind! Deshalb!«

Jonas brachte es wie immer mit wenigen Worten auf den Punkt.

Das waren auch exakt die gleichen Worte, die er im Interview benutzte, als er gefragt wurde, warum er mir den Ball zuschob, damit ich das Tor schießen konnte.

»Fußball ist nun mal ein Mannschaftssport und wir sind nur im Team stark. Das sollten die Fans endlich verstehen. Und dieses Team besteht aus allen. Auch aus Daniel und Tex!«

Mehr hatte er nicht zum Spielverlauf zu sagen.

Nach dem Tor und seiner Aussage hatte ich ihn in den Schwitzkasten genommen, ihm durch die Haare gewuschelt.

»Du geiler Idiot!«

Weinend vor Freude lagen wir uns alle in den Armen als der Schlusspfiff das Spiel und damit die Saison beendete und uns mit ihrem durchdringenden Ton zum Meister dieser Saison kürte.

»Jeder sollte sehen, dass …« Jonas stockte, als ich ihm zur Meisterschaft gratulieren wollte. »… na du weißt schon.«

»Danke, Kumpel!«

Wir zwei brauchten nie viele Worte.

»Na, mein zukünftiger Ehemann …« Tex stand vor mir und breitete seine Arme aus, in die ich mich fallen ließ. Es war mir völlig scheißegal, dass wieder einmal alle Welt zuschaute. Wir hatten das Recht, uns als Paar zu freuen und im Gegensatz zu allen anderen küsste er mich. Doch ich hatte die Rechnung ohne meine übrigen Teamkameraden gemacht.

Sie demonstrierten unseren Zusammenhalt und wollten mit ihrer Aktion jede Ansteckungsgefahr dieser schlimmen Krankheit Homosexualität wegwischen, als plötzlich einer nach dem anderen anfing, mir und auch Tex ebenfalls einen Kuss auf den Mund zu drücken. Bei einigen Spielern war das durchaus mit Genuss verbunden, bei anderen weniger. Auch als schwuler Mann küsst man eben nicht jeden anderen Mann automatisch gern und mit Freude.

Lensing war ebenso im Stadion wie auch meine Eltern, Mario und Tex Bruder und Mutter. Wieder einmal. Wir waren uns ihrer Unterstützung sicher und verflucht dankbar dafür.

Als wir am Abend nach der Meisterfeier ins Taxi wankten, versuchte ein ebenso betrunkener Mario noch Details der Hochzeit mit uns zu besprechen. In mir hatte er dafür aber zumindest an diesem Abend den falschen Ansprechpartner gesucht. Ich war dazu nicht mehr fähig.

»Hey! In zwei Wochen ist es soweit! Wir müssen das klären«, nuschelte er mir im Taxi zu.

»Aber nicht heute …«

Während der Heimfahrt dachte ich über das Interview nach, zu dem ich natürlich nach dem Abpfiff gehen musste.

»Sie haben heute demonstriert, dass es eine Leistung des Teams war, nicht nur durch die höfliche Geste Ihres Mitspielers Jonas Frisch, der ihnen den Ball zum Torschuss überlassen hat, sondern auch durch die ungewöhnliche Aktion Ihrer Kollegen.«

»Fußball ist ein Teamsport. Es geht immer um alle. Manche haben das begriffen, manche nicht. Haben Sie mal die Kommentare bei Instagram gelesen, wenn wir unsere Eckfahnen posten, die wir durch Regenbogenfahnen ersetzt haben? Da zieht es ihnen die Schuhe aus.«

»Erzählen Sie davon«, forderte mich der Reporter auf.

»Von den kotzenden Smileys will ich gar nicht anfangen. Aber dass da Menschen posten, dass sie das Spiel nicht mehr anschauen wollen oder dass wir doch lieber gehen sollen, dass wir im Fußball nichts zu suchen haben …«, schnaubte ich raus.

»Meinen Sie, dass es sich irgendwann beruhigt?«

»Das müssen Sie die Fans fragen. Ich bin sicher, dass die Spieler kein Problem damit haben. Vermutlich gibt es ohnehin in jedem Verein mindestens einen Spieler. Vermutlich ist das auch im Team bekannt. Ich freue mich jetzt erst einmal auf unsere Hochzeit. Danach dürfen sich die Presse und die Fans gerne beruhigen. Wir möchten nämlich einfach nur weiter Fußball spielen. Wir wollen gut Fußball spielen. Und wir können das. Obwohl wir schwul sind? Weil wir schwul sind? Weil das nichts, aber auch gar nichts ausmacht. Fähigkeiten ändern sich nicht durch die sexuelle Orientierung.«

»Wir sind gleich da.« Tex riss mich aus meinen Gedanken.

Auf der Party ließen wir es krachen. Das gesamte Team war einfach nur gut drauf. Wir belagerten wieder das Hotel »Zur Post« in Neuenstein und genossen dort im großen Saal erst ein festliches Abendessen und dann ging das Ganze mehr und mehr in eine Party über.

Mario war mit seiner Freundin Sanni dabei. Sanni allerdings ging früher. Tex Mutter strich auch relativ früh die Segel. Tex Bruder hielt immerhin bis Mitternacht aus. Meine Eltern hatten versprochen, ihn ins Hotel zu fahren, in dem er sich mit seiner Mutter eingemietet hatte.

»Gute Nacht, Schwager! Wir sehen uns dann im Standesamt. Ich muss morgen nach Frankfurt zurück. Aber in zwei Wochen bin ich wieder da. Glückwunsch, Meister!«

Mit diesen Worten verabschiedete er sich.

»Oh! Mein! Kopf!«

Diese Worte drangen an mein Ohr. Ich wusste weder die Uhrzeit, noch welchen Tag wir hatten.

»Willst du nicht langsam mal aufstehen?« Ich kannte die Stimme, ich wusste aber nicht woher. Und warum zur Hölle war diese Stimme so laut?

Wo war ich überhaupt?

Kapitel 17

Die Sonne blendete in meinen Augen, als ich sie zaghaft zu öffnen versuchte. Ich war mir beinahe sicher, mein Kinderzimmer im Haus meiner Eltern zu erkennen.

Warum war ich hier und nicht in meinem Haus?

Wo war Tex? Ich wühlte durch mein Bett. Es war leer.

»Es ist noch so früh und so hell«, nuschelte ich in mein Kissen.

»Du solltest trotzdem aufstehen, Junge! Heute ist der Tag deiner Hochzeit!«

Blitzschnell fuhr ich aus dem Bett nach oben. »Wie spät ist es?«

»11:00 Uhr«, setzte mich mein Vater in Kenntnis. »Du hast noch drei Stunden bis zur Zeremonie.«

»Fuck!«

Mein Kopf machte mir einen Strich durch die Rechnung. Ich ließ mich wieder zurück ins Kissen fallen.

Ein Würgereiz überkam mich und der Vorsorge meiner Mutter sei Dank, fand ich vor dem Bett einen Eimer und entleerte dort hinein einen Cocktail einer braunen Brühe, die offensichtlich ein Mix meiner gestrigen Getränke mitsamt meiner Magensäure darstellte.

Dazu rebellierte mein Magen nicht mehr nur wegen des Alkohols, den ich offenbar getrunken hatte, sondern auch vor Aufregung, angesichts der Informationen, die mein Hirn gerade verarbeitete.

In drei Stunden würde ich meinen Felix Theisendorf heiraten.

»Was zum Teufel haben wir …?« Weiter kam ich nicht. Ein erneuter Schwall meines Mageninhaltes verselbstständigte sich.

»Deine Oma steht in 30 Minuten vor der Tür. Sie kommt direkt aus Kambodscha.«

Diese Information ließ mich hingegen völlig nüchtern werden.

Zwar liebte ich meine Oma heiß und innig, sie hatte auch kein Problem mit meinem Schwulsein, aber mit Disziplinlosigkeit und Weichei-Gehabe hatte sie ein Problem.

Ich schnappte mir also den Eimer, entleerte ihn in meinem Bad und sah zu, dass ich schnellstmöglich wieder herzeigbar wurde.

Während der Dusche überlegte ich, wie ich in das Haus meiner Eltern gekommen war, wo Tex war, warum ich im Strahl kotzen musste und wo der letzte Tag geblieben war.

»Heute ist dein Junggesellenabschied«, hörte ich Marios Stimme am Abend zuvor an meiner Haustür.

»Du spinnst doch! Ich mache so etwas nicht!«

»Und ob du das machst. Sonst versenke ich die komplette Planung deiner Hochzeit im Kompost deiner Eltern.«

Widerwillig hatte ich mich von ihm mitschleppen lassen. Der ganze Verein von Lensing war gekommen, um diesen Abend mit mir zu erleben.

»Du sollst nie vergessen, wo du herkommst!«, hatte Ralf mir zugeraunt, als wir das Taxi bestiegen.

Eigentlich waren es mehrere Taxis gewesen.

»Sicher vergesse ich nicht, wo ich her komme!«

Damit nahm das Unheil an diesem Abend seinen Lauf. Die Jungs schleppten mich allen Ernstes in eine Gaykneipe, was natürlich für Aufsehen sorgte. Zum einen war es für mich tatsächlich das erste Mal, dass ich solch ein Etablissement betreten hatte, zum anderen wollte ich gar nicht wissen, wie die Presse mich am nächsten Tag zerreißen würde.

Einige Augenpaare beobachteten uns, als wir den Laden betraten. Zwar hatten die Jungs einen großen Teil reserviert, doch der Laden bestand hauptsächlich nur aus zwei Tischen und dem Bartresen. Viel Platz war also nicht wirklich. Die dort sonst üblich verkehrenden Menschen waren also ihres Platzes beraubt. Entsprechen grimmig schauten sie auf uns als

Gruppe. Zumal natürlich viele Spieler von Lensing sehr schnell deutlich machten, dass sie ja alle hetero waren. Sie waren also keine potenziellen Sexpartner für die nächste Nacht.

Natürlich kippte die Stimmung, als klar wurde, wer dort seinen Junggesellenabschied feierte. Die ersten Typen erkannten mich und damit war es um mich geschehen.

»Daniel gibt 'ne Lokalrunde!«, verkündete Mario irgendwann. Ich überlegte hektisch, ob ich überhaupt genügend Geld bei mir hatte, denn in dieser Bar war die Zahlung mit Karte nicht möglich. Lebten die hinter dem Mond? Offenbar.

»Auf der anderen Straßenseite ist ein Geldautomat«, klärte mich Mario fürsorglich auf.

Diesen nutzte ich und hob einen großen Betrag ab. Wer wusste schon, wo das heute noch enden würde?

Die Lokalrunde zahlte ich gleich, um nicht den Überblick zu verlieren.

Obwohl es für mich neu war, in einer Gaykneipe zu sein, freute ich mich, die Jungs von Lensing mal wieder ungezwungen um mich herum zu haben. Natürlich floss reichlich Alkohol, aber es blieb auch genügend Zeit, mit einigen Gespräche zu führen.

Immer wieder wurden Fotos gemacht. Nicht nur von den Lensingern.

»Ich würde euch bitten, die Bilder nicht an die Zeitung zu verkaufen«, rief ich irgendwann laut durch den Laden. »Das wäre der Sache vielleicht nicht so dienlich.«

Angesichts der Größe des Ladens kamen natürlich immer wieder auch Gäste, die mir zur Meisterschaft, zum Outing oder zur Hochzeit gratulierten. Oder eben zu allen drei Dingen.

»Da hinten ist das Klo«, ließ Mario mich wissen, als ich mich fragend umblickte. Ein wenig ängstlich war ich ja schon, wusste ich doch nicht, was mich dort erwartete.

»Gehst du mit?«, fragte ich Mario.

»Du wirst doch wohl alleine aufs Klo gehen können!«

»Aber wenn mich da jemand anbaggert oder so …« Betreten schaute ich auf meine Füße.

»Hier ist alles gut im Überblick. Wenn du in fünf Minuten nicht zurück bist, dann komme ich und schaue nach, ob dir etwas passiert ist.«

Mit dieser Zusage machte ich mich zum ersten Mal in meinem Leben auf den Weg in die Toilette einer Gaykneipe. Beinahe war ich aufgeregter als bei meinem ersten Spiel.

Versifft und heruntergekommen. Das waren wohl die Vokabeln, die einem hier einfallen mussten. Die Heizung neben der Toilette rostete vor sich hin, der Türgriff war heraus gerissen, die Fliesen waren abgeplatzt.

Ich versuchte krampfhaft, meine Blase zu entleeren, und hoffte inständig, dass niemand hinein kommen würde.

Als ich endlich fertig war und mir die Hände wusch, betrat ein älterer kleiner Herr die Toilette. Er hatte kaum Zähne im Mund, trug eine viel zu große kurze Hose und grüßte mich. Er schien mich aber nicht zu erkennen und watschelte weiter in die Kabine und ich ging zurück zu den anderen.

Die Schnäpse, die reihum bestellt wurden, waren ein bunter Mix dessen, was die Bar zu bieten hatte. René, der Barkeeper, hatte dämliche Sprüche drauf, bis zum Erbrechen.

Na gut, das tat ich ja gerade. Am nächsten Tag.

Nachdem ich mich geduscht und mir ausgiebig die Zähne geputzt hatte, tapste ich zurück in mein Zimmer.

Vom restlichen Verlauf des Abends wusste ich nicht mehr viel. Zumindest nicht mehr viel von dem, was nach dem Tequila kam. Allerdings wusste ich, dass Mario und die anderen auf mich aufgepasst haben mussten. Meine Geldbörse war dort, wo sie hingehörte. Und auch sonst schien nichts darauf hinzudeuten, dass der Abend einen peinlichen Verlauf genommen hatte. Kurz wischte ich mich am Handy durch die Bilder der letzten 12 Stunden. Als diese unschärfer wurden, schien auch meinen Blick das gleiche Schicksal ereilt zu haben. Mario hatte dankenswerterweise noch am Abend eine Gruppe erstellt, in die alle ihre Bilder gepostet hatten. Man konnte meinen Verfall deutlich genug erkennen.

Im Schlabberlook machte ich mich auf den Weg nach unten. Meine Mutter sah mich nur mitleidig an und stellte mir einen Kaffee vor die Nase. Dazu ein Glas Wasser und zwei Kopfschmerztabletten.

»Du hast noch zweieinhalb Stunden.«

Ich nickte ergeben mit dem Kopf.

»Eigentlich nur zwei Stunden, denn dann müssen wir los.«

Als ich meinen Kaffee schlürfte und die Kopfschmerztabletten hinunterwürgte, erinnerte ich mich an meine erste Begegnung mit Tex. Ich sollte zu einem Probe-Training zur zweiten Mannschaft vom FC Neuenstein kommen. Und er hatte mich abgeholt. An der Tür.

Diesen Augenblick würde ich wohl mein Leben lang nicht vergessen. Er sprach zum ersten Mal meinen Namen aus und stellte sich mir vor. Dann führte er mich in die Welt des Fußballs ein.

Mein Magen rebellierte damals genauso wie heute.

In den ersten Trainingseinheiten mit dem Verein konnte ich mich beweisen. Aber viel wichtiger war auch, dass Tex meine Nähe suchte. Er fuhr mich nach Hause, holte mich ab und wir waren Eis essen.

Zum 18. Geburtstag hatte er mir die Reise nach Mallorca geschenkt. Drei Tage. Nur er und ich. Da war es dann passiert. Nach seiner erotischen Show mit dem Sonnenöl war ich ganz schön aufgeheizt. Aber nicht nur von der Sonne.

Als er dann einfach so erzählte, dass er schwul war, war die Katze aus dem Sack. Unser erster richtiger Sex war eine logische Folge.

Verträumt schaute ich aus dem Küchenfenster. Ich sah gerade noch ein Taxi in meinem Blickfeld, als es auch schon an der Tür klingelte.

So schnell es mein Kopf erlaubte, bewegte ich mich zur Tür und begrüßte meine Oma.

»Na, mein Lieblingsenkel!«

Sie drückte meine Wange an ihr faltiges Gesicht, das wie immer irgendwie weich war. Fast so gemütlich wie mein Kopfkissen.

Als sie die Küche betreten hatte, stellte sie mit kriminalistischem Instinkt fest, dass es mir nicht gut ging.

»Aha«, sagte sie und blickte auf die leere Verpackung der Kopfschmerztabletten. »Du riechst wie ein Rumfass und hier liegen Kopfschmerztabletten. Da muss ich wohl nur eins und eins zusammenzählen. Wie war dein Junggesellenabschied? Gab es auch einen Stripper?«

Meine Oma war schon immer pragmatisch. Mein Vater hatte das offenbar von ihr geerbt.

»Äh … Oma!«

»Und wo ist eigentlich der Mann deiner Zukunft? Ich hab ihn noch gar nicht kennengelernt.«

»Den wirst du erst im Standesamt kennenlernen, Oma!«

»Na ja. Dann kann man ihn ja nicht mehr umtauschen.«

»Das will ich ja auch gar nicht«, sagte ich entrüstet.

»Schon klar … aber du solltest noch etwas ausdampfen und dich dann mal in deinen Anzug werfen!«

Meine Mutter betrat die Küche und begrüßte ihre Schwiegermutter herzlich.

So konnte ich mich zurückziehen.

Kurz rief ich bei Mario an, um zu klären, ob er schon wach war. Er bestätigte mir lediglich den verheerenden Verlauf des Abends und versicherte mir, dass er rechtzeitig zur Abfahrt bei mir sein würde.

»Ich bin der, der aufgeregt vor der Tür steht«, ließ mich Tex am Telefon wissen, den ich ebenfalls anrief. »Lass mich bloß nicht im Regen stehen. Ich liebe dich nämlich!«

Sicher bekam ich kleine Herzchen in den Augen, falls das nach zu viel Alkoholgenuss noch möglich war.

»Ich werde da sein. Vielleicht etwas zerknittert. Aber lebendig. Wie war es bei dir?«

»Die Jungs von Neuenstein haben sich alle Mühe gegeben.« Er lachte freudlos auf. Beinahe konnte ich seine bittere Magensäure schmecken, die er vermutlich ebenfalls erbrochen hatte.

»Dann bist du ja auch nicht ganz glatt gebügelt.«

»Sicher nicht. Aber wir zwei müssen heute noch lange durchhalten. Wir brauchen viel Kaffee, fürchte ich.«

»Ok, mein zukünftiger Ehemann, ich muss mich anziehen. Wir sehen uns dann später. Ich liebe dich, Tex!«

Damit war unser Telefonat beendet und ich warf mich in Schale. Die Anzüge hatten wir getrennt gekauft. Irgendein Ritual, das es bei heterosexuellen Hochzeiten gab, mussten wir ja schließlich aufnehmen. Wir würden uns erst vor dem Standesamt begegnen.

Ich hatte mich für einen anthrazitfarbenen Anzug entschieden, dazu ein weißes Hemd mit einer Fliege. Am Arm trug ich das Armband, dass ich als Verlobungsgeschenk bekommen hatte. Als ich mit mir zufrieden war und genügend Parfum aufgelegt hatte, das meine Alkoholfahne überdecken sollte, tapste ich nach unten in die Küche. Dort herrschte höchste Betriebsamkeit. Mein Vater war inzwischen auch umgezogen. Meine Mutter und meine Oma ebenso.

»Wir wären dann also bereit«, verkündete mein Vater das Offensichtliche.

»Mario ist vorgefahren. Um Gottes willen! Was hat der denn dabei?« Meine Mutter schaute ungläubig aus dem Küchenfenster. Dort stand allen Ernstes eine weiße, amerikanische Stretch-Limousine. Die Motorhaube zierte ein großes Blumenbouquet.

Mein Vater hatte bereits die Tür geöffnet und Mario stürmte herein. Wir umarmten uns ohne große Worte. Aber ich deutete nach draußen auf das Auto.

»Was ist denn das?«

»Ein Auto, in das wir alle hinein passen.«

»Das sehe ich. Und nächstens fährst du mit einer Kutsche vor?«

»Du musst doch standesgemäß am Standesamt erscheinen! Außerdem ist dein Auto zu klein.«

»Wer bezahlt die Karre?«

»Du!«

Ich rollte mit den Augen. Nicht nur, dass er dieses auffällige Ding gemietet hatte, ich sollte also auch noch dafür zahlen. Die Tatsache an sich störte mich ja nicht. Ich wusste ja, dass Mario nicht so viel Geld hatte, dass er als mein Trauzeuge alles bezahlen konnte. Aber dass er für so etwas mein Geld ausgab …

»Auf geht's!«

Mein Vater gab das Startkommando.

Unter den wachsamen Augen von Frau Dr. Hofstetter und Frau Mayr, unseren Nachbarinnen, setzte sich das Auto in Bewegung.

Nach unserem Outing innerhalb der Mannschaft hatte es in meinem ersten Jahr dann tatsächlich zur Meisterschaft gereicht. Es war ein unbeschreibliches Gefühl, vor den unzähligen Fans zu stehen und die Schale in die Luft zu recken.

Ähnlich aufgeregt wie vor diesem Spiel war ich auch jetzt. Nur, dass der Anlass ein ganz anderer war.

In der nächsten Stunde würde ich die Liebe meines Lebens heiraten.

Als wir am Standesamt ankamen, staunte Tex nicht schlecht, als er unser Gefährt sah. Er musste grinsen. Das konnte ich aus der Entfernung erkennen.

Er hatte einen dunkelblauen Anzug gewählt. Auch das scannte ich sofort ab. Ein cremefarbenes Hemd und eine weiße Krawatte rundeten sein Outfit ab.

Oben an der Stufe standen neben Tex noch seine Mutter und sein Bruder.

Die Jungs von Neuenstein und von Lensing standen Spalier. Eine Mannschaft rechts, die andere links hatten sie mit Bändern und Zweigen eine Art Tunnel gebaut.

Natürlich hatten sich auch Fans, Schaulustige und die Presse eingefunden. Immerhin war die erste Hochzeit eines schwulen Paares im Fußball eine mediale Sensation.

Tex kam die Stufen des Standesamtes herunter und kam zur Tür des Autos. Ich sah ihm die Nachwirkungen seines Junggesellenabschieds an, wie er sicher auch meine in meinem Gesicht ablesen konnte. Wir wirkten beide nicht sehr frisch.

»Der Schönste«, raunte ich ihm zu, als ich aus der Limousine stieg.

»Ganz ohne Zweifel bist du das.«

Er hatte seine Haare akkurat gekämmt, war frisch rasiert und roch nach dem Parfum, das ich an ihm am liebsten mochte.

Die Kameras klickten, als wir uns den ersten Kuss des Tages gaben.

Unsere Anzüge passten farblich perfekt zueinander. Auch vom Schnitt her waren wir ziemlich ähnlich gekleidet.

Das Standesamt hatte eine Absperrung aufgestellt, sodass Presse, Fans und Schaulustige nicht ganz so nah herankommen konnten.

Interessanterweise waren nur Menschen gekommen, die sich für uns freuten.

Die Jungs von Neuenstein und Lensing applaudierten uns, als wir durch ihren Spalier schritten und auch die Fans hatten Banner und Regenbogenfahnen dabei.

»Wir müssen da kurz hin«, flüsterte ich Tex zu.

Ich unterbrach kurzerhand unseren Einzug in das Standesamt und wandte mich an die Fans, die gekommen waren.

»Danke für eure Unterstützung!«, rief ich ihnen zu. »Das bedeutet uns wirklich sehr, sehr viel!« Ich ging noch ein wenig näher an die Absperrung und auch Tex folgte mir.

»Fans first.« Geduldig ließen wir Bilder von uns machen und gaben auch das ein oder andere Autogramm.

»Nach der Zeremonie müsst ihr noch mal kommen. Dann seid ihr ja erst verheiratet.« Ein Fan hatte es so auf den Punkt gebracht.

Nachdem die meisten Fans beglückt waren, setzten wir unseren Einzug ins Standesamt fort. Oben wurden wir von Tex Mutter und Bruder begrüßt und schließlich auch vom Oberbürgermeister der Stadt Neuenstein, der es sich nicht nehmen lassen wollte, die Zeremonie höchst selbst zu leiten, wie er uns berichtete. Zuvor hatten wir das nicht gewusst. Es sollte wohl eine Überraschung sein.

Er geleitete uns in den großen Saal des Standesamtes und unsere Familien, Freunde und Gäste nahmen Platz. Auch für uns waren Stühle vorbereitet.

Unsere Ringe hatten wir bei einem jungen Juwelier in der Innenstadt gekauft. Es handelte sich dabei um Ringe, die aus gewickeltem Silberdraht hergestellt worden waren. Die Endlosigkeit des Drahtes sollte die Endlosigkeit der Beziehung symbolisieren.

Beim Hineingehen hatte ich Nikolas im Augenwinkel entdeckt. An seinem Arm hielt sich offenbar seine neue Freundin fest. Eine attraktive Frau, sofern ich das beurteilen konnte. Ich zwinkerte ihm zu und er lächelte mich stolz an.

Leutrim und Marius hatten wir erwählt, uns jeweils den Ring anzureichen. Immerhin hatten die beiden mitgeholfen, dass aus uns ein Paar wurde. Mario wirkte neben mir nervöser und aufgeregter als ich. Tex Bruder war ebenfalls nicht ganz so ruhig, wie wir ihn kannten.

Der Bürgermeister begrüßte uns und es wurde still im Raum.

Die Ansprache des Bürgermeisters war keine aus der Schublade. Unsere Verwandten und Freunde mussten sich mehrfach schnäuzen. All das gehörte zu einer schönen Zeremonie dazu. Musik, die zu uns und zu dem Anlass passte, krönte unsere Hochzeit.

»Ja, ich will.« Das war der entscheidende Satz. Und er wurde einmal von Tex und einmal von mir gesprochen.

»Kraft der mir verliehenen Autorität erkläre ich Sie hiermit für verheiratet.«

Der Applaus der Anwesenden führte zu einer Gänsehaut auf meinem Körper, wie ich sie in den aufregendsten Situationen auf dem Spielfeld nicht hatte.

»Ihr Mut und Ihre Beharrlichkeit zeigen, dass Homosexualität im Fußball möglich ist. Zwar steht Ihre Beziehung gerade in der Öffentlichkeit, so als würde sie vom Flutlicht beleuchtet werden, aber Sie sind damit auch Vorbild für viele andere homosexuelle Spieler, die es zweifelsohne im Fußball gibt und geben sollte.

Homosexualität ist sogar sinnvoll und richtig, denn auch eine Fußballmannschaft ist ein Durchschnitt der normalen Gesellschaft. Dort finden sich Querdenker und Eigenbrötler, Teamspieler und auch Idioten. Es finden sich große Menschen und auch kleine Menschen, Dunkelhaarige und Blonde, Heterosexuelle und Homosexuelle. Und das ist auch gut so. Nur im Zusammenklang all dieser Eigenschaften und Talente entsteht ein Team, das miteinander in der Lage ist, den Meistertitel zu erringen.«

So hatte es der Bürgermeister in seiner Ansprache gesagt.

Unter dem Applaus unserer Gäste traten wir nun wieder hinaus. Viel hatte sich nicht verändert. Unsere Kleidung war gleich geblieben, unser Aussehen ebenfalls. Unsere Namen hatten wir nicht geändert. Lediglich ein Ring am Finger und die Urkunde besiegelten und zeigten, dass wir fortan zueinander gehören würden. In guten, wie in schlechten Tagen, in Gesundheit und Krankheit.

»Jetzt kriegst du mich nicht mehr von der Backe«, sagte ich zu Tex, als mir die Tragweite bewusst wurde.

»Das will ich auch gar nicht.« Er griff meine Hand und legte sie in seine. »Deshalb habe ich das hier ja machen wollen. Ich liebe dich, Daniel Recker. Für immer.«

»Und ich liebe dich, mein großer Tex. Mein Held. Der Schwarm meiner Jugend.«

Hand in Hand verließen wir das Standesamt, das noch immer von den Fans und der Presse belagert wurde. Applaus brandete auf und wir hielten unsere ineinander gelegten Hände in die Höhe.

Die Feier in der Location am See war ein voller Erfolg. Alle unsere Gäste waren uns in ihren Autos gefolgt. Nach Gruppenbildern und einem Sektempfang ging es in das Abendessen über. Später wurde aus der feierlichen Hochzeitsfeier eine ordentliche Party.

Abgesehen von unserer Hochzeit stand noch ein anderer Höhepunkt an: Unsere Freunde, mit denen wir sonst gemeinsam den Urlaub verbrachten, gönnten uns zu Beginn eine Woche Flitterwochen allein. Erst in der zweiten Woche kamen Alex, Leutrim, Mario und Ralf nachgereist. Wir wollten an der Tradition unseres Sommerurlaubs nicht viel rütteln. Eine Woche Urlaub allein war in Ordnung, aber weder Tex noch ich waren unbedingt drauf und dran, jetzt zwei Wochen irgendwo allein zu turteln. Da waren wir zu pragmatisch. Und wir wussten beide, dass ein Urlaub mit unseren Freunden immer spaßig war. Sie gehörten eben einfach dazu.

Das Flutlicht, das unsere Beziehung in der Öffentlichkeit seziert hatte, wurde langsam weniger grell und hell. So als hätte jemand den Dimmer heruntergedreht.

Die Sommerpause hatte ebenfalls zu etwas mehr Normalität beigetragen. Wir blieben weitgehend unbehelligt im Urlaub. Und wenn, dann waren es Fans, die in uns die Fußballer sahen und nicht solche Leute, die in uns nur die Schwulen sahen und uns dafür verachteten.

Nachdenklich stand ich an einem Nachmittag im Pool und blickte in die Ferne.

Tex kam von hinten. Natürlich konnte er sich im Wasser nicht anschleichen. Er tat aber wenigstens so und ich drehte mich nicht zu ihm um.

Zärtlich umfassten mich seine Arme und er streichelte mir über die Brust, was einen wohligen Seufzer bei mir auslöste. Er schmiegte sich an mich, küsste meinen Nacken und flüsterte meinen Namen in mein Ohr.

»Wie schön du bist … mein Ehemann.«

Seine Hände suchten und fanden meine Brustwarzen, die wegen der Kühle des Wassers ohnehin schon hart abstanden. Doch seine Berührungen erregten mich und entfachten ein inneres Feuer.

Ich spürte seinen harten Schwanz, den er an mich drückte. Als ich eine Hand nach hinten wandern ließ, stellte ich fest, dass er auf eine Badehose verzichtet hatte. Das erregte mich zusätzlich und seine Hände waren bereits dabei, meine Badeshorts ebenfalls zu entfernen. Es entstand ein kleines Gerangel. Wir wanden uns, keuchten und stöhnten. Er verfolgte mich bis zur Treppe des Pools, wo er mich festhielt und begann, mich mit der Zunge zu verwöhnen. Dabei brannten in der Regel alle Sicherungen bei mir durch. Da Tex genügend Vorsaft produzierte, brauchten wir sonst keinerlei Hilfsmittel. Und er verteilte diesen Vorsaft gerade großzügig auf meinem Loch. Ich stöhnte auf und bettelte nach mehr. Doch er ließ mich zappeln. Dann kam wieder seine Zunge zum Einsatz, schließlich wieder sein tropfender Schwanz. Irgendwann war ich so entspannt, dass er nicht mehr viel Druck brauchte und einfach in mich hinein flutschte. Dabei zuckte mein Schwanz und tropfte ebenfalls, weil Tex sofort meinen Hotspot fand.

Dieser Sex war langsam. Inniglich. Liebend. Es war nach unserer Hochzeit der erste Sex. Sozusagen die Hochzeitsnacht. Wir waren in der Nacht nach der Feier zu nichts mehr in der Lage gewesen und dies war unser erster Nachmittag auf Mallorca in unserer Finca. Wir hatten gerade ausgepackt und ich war direkt in den Pool gesprungen.

Tex fickte mich langsam und genüsslich.

Da wir beide sportlich genug waren, konnten wir einige akrobatische Stellungen ausprobieren. Einmal hielt ich mich an dem Geländer der Treppe des Pools fest und er legte meine Beine auf seine Schultern. Als ich abrutschte und unter Wasser landete, mussten wir beide herzlich lachen.

Den Höhepunkt erlebten wir beide am Rand des Pools. Als er sich ein letztes Mal in mich schob und sich dann in mir ergoss, war es auch für mich soweit. Zwei kleine Wichsbewegungen und ich schoss mir mein Sperma auf die Brust und bis ins Gesicht.

»Das nenne ich mal eine Hochzeitsnacht.«

Tex war aus der Puste und ich war ebenfalls ausgelaugt.

An diesem Abend hatten wir noch zwei weitere Runden Sex, bei denen ich jeweils den aktiven Part spielen sollte.

»Fick mich noch mal!«, bettelte Tex, als die erste Runde vorbei war.

»Gib mir 10 Minuten Pause«, japste ich.

Mit einem guten Blowjob schaffte er es, mich wieder hart zu bekommen, und dann setzte er sich erneut auf mich und ritt mich in den Wahnsinn.

Endlich hatten wir zwei einmal eine Woche nur für uns allein. Und wir nutzten sie. Das Haus hatten wir nur zum Einkaufen verlassen. Ansonsten waren wir die meiste Zeit nackt, was natürlich die gegenseitige Lust aufeinander steigerte.

All das änderte sich, als mit Beginn der zweiten Woche unsere Freunde Einzug hielten.

»Na, ihr frisch gefickten Eichhörnchen?«

Mario schien uns beiden wohl anzusehen, dass wir in der Woche zuvor nicht viel anderes gemacht hatten, als Sex zu haben.

Beide wurden wir rot.

»Aha … sie geben es sogar zu«, stichelte Alex weiter.

»Hallo? Wir sind auf Hochzeitsreise. Da dürfen wir das.«

Zur Begrüßung hatte Tex ein wunderbares Gericht gezaubert und als alle ihre Koffer ausgepackt hatten, saßen wir draußen beieinander.

»Und? Wie ist die Situation in Deutschland? Wir haben nichts mitbekommen.« Tex war neugierig.

»Es hat sich alles ziemlich beruhigt. Fußball ist kein Thema mehr – und ihr damit auch nicht.«

Tex blies die Luft aus den Backen. »Klingt gut!«

Die Zeit des Urlaubs verging wie im Flug. Wir hatten eine Woche Spaß mit unseren Freunden. Aber am Ende hatte Mario dann doch immer stärkere Sehnsucht nach seiner Freundin, denn auch er war dieses Mal ohne Sanni gereist.

Mit ihren Freundinnen oder Ehefrauen würden sie noch eine weitere Reise machen.

Und schon bald würde es wieder ins Trainingslager gehen und dann stand bereits die nächste Saison auf dem Plan. Unglaublich, wie die Zeit verging.

Ich saß im Trainingslager in Gmund am Tegernsee auf dem Bett, mein Handy in der Hand und war dabei die Social Media Kanäle zu befüllen, Nachrichten zu beantworten oder zu reagieren, als mein Handy ganz aufgeregt klingelte. Ich hörte schon am Ton, dass etwas nicht stimmte. Es war ein Videocall.

»Recker«, meldete ich mich und sah einen aufgeregten Mario im Großbild und mich selbst in klein.

»Gut, dass du ran gehst! Ich habe wichtige Neuigkeiten für dich!«

Kapitel 18

Mario schien am Telefon zu hyperventilieren.

»Was ist denn los, um Gottes Willen?«

»Daniel … sitzt du gut?«

Ich nickte. »Das siehst du doch.«

»Du wirst Pate.«

Hä? Mit der Mafia hatte ich wenig zu tun. So hoffte ich es zumindest. Entsprechend dämlich musste ich wohl in die Kamera schauen.

»Isch habe eine Angebot, dasse du nichte ablehnen kannst«, sprach ich mit italienischem Akzent in das Mikrofon.

»Du Blödmann! Das ist es nicht! Ich …« Seine Anspannung sprang quasi durch den Bildschirm.

»… du wirst Patenonkel«, vollendete er seinen Satz.

Innerhalb von wenigen Sekundenbruchteilen verarbeitete mein Hirn die Informationen, die er mir gerade übermittelt hatte.

Meine Augen weiteten sich. Ich ging mit meinem Gesicht unbewusst näher an den Bildschirm heran, um Mario besser zu sehen.

Patenonkel bedeutete doch eindeutig, dass …

Das durfte doch nicht wahr sein. Er war doch noch so jung.

»Daniel … ich kann es noch nicht fassen … ich werde Vater! Was im Umkehrschluss bedeutet, du wirst Patenonkel. Und Tex wird Tante. Oder so ähnlich.«

Er lachte breit und seine Fröhlichkeit war bis nach Gmund am Tegernsee zu sehen.

Tex kam gerade mit einem Handtuch um die Hüften gewickelt aus der Dusche.

»Du wirst Tante.« Die Information kam bei ihm genauso spärlich an wie bei mir.

Entsprechend perplex schaute er mich an.

»Was?«

»Wenn ich das richtig verstanden habe, werde ich Pate, weil Mario Vater wird«, fasste ich meine Erkenntnisse zusammen.

»Und wieso werde ich dann Tante?«

»Weil ich schon Onkel werde.«

Tex tapste in das Sichtfeld der Kamera meines Handys und schaute Mario an, der wie ein Honigkuchenpferd grinste. Dann blickte er zu mir, warf sich neben mir auf das Bett und gratulierte meinem besten Freund.

»Wir haben es gerade erfahren. Oh, ich bin so … stolz, glücklich. Es ist unbeschreiblich!«

»Ich wusste ja gar nicht, dass ihr schon vor hattet …«

»Ich auch nicht. Aber nun ist es passiert und da wächst ein kleines Wesen heran …« Verträumt schaute er in die Kamera. »Bitte sagt es noch keinem. Es ist erst die 10. Woche. Vor der 12. Woche …«

»Alles gut. Ihr entscheidet, wann und wem ihr es sagt. Wo ist Sanni?«

»Sie ist gerade dabei, mit ihren Eltern zu telefonieren. Also ich frage dich ganz offiziell, lieber Daniel: Bist du bereit, das Patenamt für mein kleines Kind zu übernehmen?«

»Natürlich. Es ist mir eine große Ehre, mein Freund!«

Mario sprang wie ein Flummi durch die Wohnung.

In Gedanken malte ich mir aus, wie ich den Kleinen oder die Kleine in Zukunft verwöhnen würde. Es war eine Art Ersatz dafür, dass Tex und ich niemals eigene Kinder haben würden. Ich musste dringend zur Bank und ein Sparkonto anlegen.

»Damit kannst du getrost noch warten«, riet mir Tex, nachdem das Telefonat beendet war und ich ihn von meinen Plänen unterrichtet hatte.

»Wie viel ist angemessen? 1000 € pro Monat bis er oder sie 18 ist?«

»Pfff … dann hat er oder sie … 216 000 € zum 18. Geburtstag. Ist das nicht etwas übertrieben?«

Ich blies die Backen auf.

»Vielleicht wird aus ihm mal ein großer Fußballer!«

»Vielleicht wird er auch eine sie …«, gab Tex zu bedenken.

»… dann wird sie eben eine große Fußballerin!«

»Frauenfußball ist aber nicht so bekannt!«

»Dann machen wir es groß!«

Abends beim Kickerspielen mit den anderen musste ich mich sehr zurückhalten, um nicht allen um den Hals zu fallen und die große Neuigkeit zu verraten. Ich schaffte es aber, nichts zu sagen, und musste nur hin und wieder grinsen. Tex wusste um den Grund und stupste mich an. Dann verschloss er mir den Mund mit einem Kuss.

Wir benahmen uns vor den Kollegen nicht oft wie ein Paar, aber manchmal und wohl dosiert durfte das auch sein.

Marcus Quintail, ein junger kanadischer Neuzugang, war es, der uns ziemlich irritiert anblickte, als wir uns küssten.

»Is that normal here, that you guys kiss each other in front of the group?«

Er hatte schon Deutsch gelernt, aber wenn er emotional aufgeladen war, dann sprang er automatisch ins Englische zurück.

»Sorry, wenn wir dich damit stören. Aber nein. Normal ist das nicht. In der Regel halten wir uns freiwillig zurück. Wir ficken auch nicht in der Dusche miteinander.«

Mein Kommentar war etwas zu bissig. Tex legte mir seine Hand auf den Unterarm.

»Aber ja, es ist normal, dass wir ein Paar sind und das auch nicht immer komplett ablegen können«, schob ich noch bissiger nach. »Wenn du damit ein Problem hast …«

»Well, keep calm. It was just … ungewohnt. I've read about your Coming Out. Ich konnte es nicht so ganz glauben.«

»Einer musste den Anfang machen.« Tex zuckte mit den Schultern. »Wenn du …«

Er hob abwehrend die Hände. »No Problem!«

Damit ließ er uns zurück und wandte sich anderen Kollegen zu.

Auch noch andere Veränderungen gab es vor Beginn der neuen Saison in unserem Verein. Wir hatten uns zum Ende der Saison von zwei Spielern verabschieden müssen.

Die Leihe von William Dalefort war nun endgültig ausgelaufen. Eine Kaufoption wurde nicht genutzt und Marco Bossert, der bisher wenig Einsätze bekommen hatte, wurde nach Mainz ausgeliehen.

Unser harter Kern war inzwischen richtig gut zusammen gewachsen.

Am ersten Abend des Trainingslagers gab es nach den Nachrichten wie üblich eine Eröffnungsansprache des Trainers, zu der wir uns im Konferenzraum zusammenfanden.

»Willkommen zurück, Jungs! Wir sind Meister und es gibt in dieser Saison nichts Wichtigeres zu tun, als den Titel zu verteidigen. Zu Beginn möchte ich unsere Neuzugänge willkommen heißen: Marcus Quintail aus Kanada und Tobias Naumann. Er ist aus Pfaffenhofen zu uns gestoßen und wird jetzt mal mit uns trainieren. Willkommen in unserem Team!«

Es gab Applaus für beide.

»Dann möchte ich ganz offiziell unserem frisch getrauten Paar gratulieren: Felix Theisendorf und Daniel Recker. Einige …«, er blickte sich um, »… fast alle waren ja bei der Zeremonie im Standesamt und bei der anschließenden Feier dabei. Euch beiden von Herzen noch einmal die allerbesten Wünsche für eure gemeinsame Zukunft. Wir tragen damit auch eine Verantwortung in unseren Reihen. Immerhin sind wir der erste Verein der Bundesliga, in dem zwei offiziell geoutete Spieler nicht nur weiterhin Fußball spielen, sondern auch verheiratet sind. Das wird in die Geschichte eingehen. Es ist schon in die Geschichte eingegangen«, korrigierte er sich. »Und wir warten mal ab, was uns das in der nächsten Saison einbringt. Vielleicht folgen weitere Spieler, vielleicht auch nicht. Ihr zwei werdet aber bis zum Ende eurer Karriere und darüber hinaus die Vorreiterrolle innehaben. Dann darf ich euch verkünden, dass der Vertrag von Clemens, unserem Co-Trainer, ausgelaufen ist und nicht verlängert wurde. Er zieht sich zurück. Eine Verabschiedung wird noch folgen. Bisher ist der Posten des Co-Trainers offiziell noch verwaist. Intern kann ich sagen, dass wir bereits gute Gespräche mit zwei jüngeren Trainern geführt haben. Vermutlich werden wir zwei neue Co-Trainer bekommen. Wir fördern ja auch eher unbekanntere Leute. Daniel dürfte einen von ihnen jedenfalls kennen.«

Mein Herz machte einen zusätzlichen Hopser. Sie würden doch nicht etwa …

»Mit Jan Weger kommt der Trainer der Herrenmannschaft von Lensing zu uns. In dem Fall fehlt nur noch die Unterschrift. Der andere wird euch zu gegebener Zeit vorgestellt werden.«

Innerlich klatschte ich in die Hände. Das wäre ja genial, wieder mit Jan zusammenzuarbeiten.

Und so kam es dann auch, dass wir nach unserer Rückkehr aus dem Trainingslager einander gegenüberstanden, uns eine Weile nur anschauten, lächelten und uns dann in die Arme fielen.

»Schön, dass du da bist, Co-Trainer!«

»Eine wahnsinnige Chance. Ich kann es immer noch nicht fassen. Dass sich ausgerechnet der FC Neuenstein bei mir meldet, hätte ich in meinen kühnsten Träumen nicht geahnt.«

»Sie sind von deiner Arbeit überzeugt. Und Lensing hat ja nicht umsonst den Aufstieg geschafft. Regional-Liga Süd. Das will etwas heißen.«

Jan stellte sich der gesamten Mannschaft vor und scheuchte uns direkt am ersten Tag erbarmungslos über das Feld.

»Wenn einer von euch dachte, dass der neue Co-Trainer eine Lusche ist, dann ist er jetzt hoffentlich eines Besseren belehrt worden«, stöhnte Sergio, als wir zur Mittagspause in die Kabine krochen.

»Der hat Feuer in sich«, attestierte dann auch Jonas.

Unser neuer Mitspieler Tobias Naumann kroch ebenfalls auf allen Vieren in die Kabine.

Viel unterhalten hatten wir uns noch nicht, aber als wir auf gleicher Höhe waren, schlug ich ihm freundschaftlich auf die Schulter.

»Na, fühlst du dich wohl bei uns?«

»Hm«, nuschelte er in seinen nicht vorhandenen Bart.

»Wo hast du vorher gespielt?«

Seine Antworten blieben recht einsilbig und kurz und ich hatte für einen Augenblick den Eindruck, dass er rot anlief.

»Wie alt bist du?«

»18.«

»Ich war in deinem Alter, als ich hier anfing.«

»Ich weiß. Ich weiß so ziemlich alles über …« Er wurde noch eine Spur roter. Offenbar ein Fan der ersten Stunde. »Krieg ich ein Autogramm?«, setzte er nach.

Ich erinnerte mich an meine Anfangszeit, an meinen ersten Tag, als ich Tex um ein Autogramm bat. Seine Antwort gab ich Tobias weiter: »Es dauert nicht mehr lange, dann werden die Leute von dir ein Autogramm wollen. Wenn ich also auch eins bekomme, dann kriegst du eins.« Ich hielt ihm die Hand zum Einschlag hin und er schlug ein.

»Und du bist wirklich schw…?«

Er traute sich offenbar nicht, das Wort auszusprechen. »Jap. Hast aber keine Chance bei mir. Bin glücklich vergeben«, erklärte ich frech grinsend.

Und er wurde noch eine Nuance roter.

Als wir in die Kabine kamen, zog ich mein Trainingstrikot aus, schnappte mir einen Stift und unterschrieb auf dem Stoff. Tobias schnappte währenddessen nach Luft.

Ich hielt ihm das signierte Teil unter die Nase und forderte meine versprochene Gegenleistung ein.

Tatsächlich zog auch Tobias sein Shirt aus. Ich reichte ihm den Stift, mit dem ich gerade mein Trikot unterschrieben hatte, und er setzte seine Unterschrift auf seines. Noch nicht so gekonnt, wie wir anderen das taten, aber immerhin. Wir hatten ja schon jahrelange Übung. Und auf einem Shirt zu unterschreiben ist nun einmal nicht die einfachste Sache.

Tex kam zu uns und beobachtete den Austausch.

Dann gab er mir einen Kuss. Nichts Wildes. Offenbar wollte er aber sein Revier markieren. Sanft zupften Tex Zähne an meiner Unterlippe. Schon bald löste er sich wieder von mir und schlug Tobias auf die Schulter. Tobias schaute uns aus großen Augen an und lief erneut rot an.

»Dein erstes Autogramm?«

Stolz nickte er.

»Ich meine … das erste, das du gegeben hast«, stellte Tex klar.

»Ja, das auch. Aber auch von Daniel … das erste.«

»Wie wäre es mit Pizza?«, schlug ich vor und zwinkerte Tex zu.

Was wäre besser geeignet als ein gutes Mittagessen bei Da'Ugo, um einen neuen Spieler zu integrieren und ihm die Nervosität zu nehmen?

Ein weiteres Mal fanden wir uns in unserem Stammlokal ein, stellten Ugo unseren neuen Mitspieler vor, der sich immer über neue Gäste freute.

Die Vorbereitung auf die neue Saison war intensiv und kräftezehrend. Aber keiner wollte schon vor Beginn der Saison das Handtuch werfen. Alle hielten tapfer durch. Unser neuer Co-Trainer harmonierte gut mit Hans-Peter. Sie hatten sich gemeinsam ein paar neue Dinge für uns einfallen lassen.

»Morgen früh um 8:00 Uhr treffen wir uns zum Waldlauf!«, verkündete Jan, begleitet von dem Stöhnen der Mannschaft. »Anschließend Frühstück und dann geht's erst richtig los.«

Das Training wurde intensiver. Schon bald waren erste Ergebnisse auch im Körperbau zu sehen. Manche wurden drahtiger, andere muskulöser.

Die Medien begleiteten unsere Vorbereitungen. Kommentare über Tex und meine Hochzeit wurden weniger.

Dennoch schaute ich ein wenig nervös auf den ersten Spieltag der Saison. Wir mussten direkt auswärts starten und dazu bis in den hohen Norden an die Weser fliegen.

Und schließlich kam der erste Spieltag, was bedeutete, dass wir uns am Trainingsgelände einfinden mussten. Für 15:00 Uhr war die Abfahrt zum Flughafen geplant.

Wieder einmal begann die Routine. Tobias hatte sich völlig an Tex und mich gehängt. Wir waren wohl seine heimlichen Helden. Als Steven uns am Bus begrüßte, lernte er den Neuen kennen und machte gleich einen blöden Spruch: »Hast du dich in unsere zwei Elfen verliebt? Hängst ja ganz schön oft mit denen rum, wie ich gesehen habe.«

Tobias lief rot an.

»Die Elfen klatschen dir gleich eine, du alte Hexe!«, konterte Tex.

Als wir unsere Taschen in den Bus gebracht hatten, zogen wir Tobias mit uns hinaus. Er sollte direkt lernen, den Kontakt zu den Fans aufzubauen.

»Immer schön in die Kameras lächeln«, raunte ich ihm zu. Er gehorchte brav und arbeitete sich mit uns von der linken Seite der Schranke zur rechten vor, guckte wie wir in diverse Handykameras und unterschrieb wie wir auf Trikots, Caps, Zetteln, Postern und Bildern.

Zurück im Bus hockte sich Tobias quasi direkt neben uns. Nur getrennt durch den Mittelgang.

Sergio hatte gerade den Bus bestiegen, grüßte uns mit Kumpelhandschlag und bat Tobias um den Platz neben ihm.

Während der Fahrt fragte Sergio unseren Neuzugang geschickt aus und band ihn so ins Gespräch ein.

»... ziemlich aufgeregt ...«, hörte ich ihn sagen. »Es ist eben alles noch so neu für mich. Gut, dass Daniel und Felix mir helfen.«

Ziemlich pünktlich erreichten wir den Flughafen. Auch hier waren wieder Fans, die uns erwarteten. Einige von ihnen schwenkten sogar Regenbogenfahnen. Sie wollten wohl unsere Aufmerksamkeit erregen, was ihnen auch gelang. Tex und ich ließen uns dort viel Zeit.

»Viel Glück, Jungs! Und gutes Spiel!«

»Dankeschön!«

Abmarsch in die Maschine. Auch dort hatte Tobias es irgendwie geschafft, den Platz neben uns zu ergattern.

Ich schloss meine Augen und legte meinen Kopf leicht gegen die Schulter von Tex. Tatsächlich döste ich leicht weg. Erst als wir etwas unsanft auf der Landebahn aufsetzten, wurde ich aus meinem Halbschlaf gerissen, setzte mich aufrecht hin und gähnte mir die letzte Müdigkeit aus dem Körper.

»Gut geschlafen?«, fragte mich mein Freund lächelnd.

»Auf dir immer. Du bist so schön gemütlich.«

»Ah, ist ja schlimm. Dieser Zucker bei den verheirateten Paaren.« Leutrim war gerade dabei, aus dem Fach über uns sein Handgepäck zu holen. Zur Strafe boxte ich ihm leicht in den Bauch. Er stand dafür einfach herrlich günstig. Gespielt krümmte er sich vor Schmerzen.

»Schwule Gewalt an heterosexuellem muslimischen Spieler! Hilfe! Schiedsrichter! Foul!«

Einen weiteren freundschaftlichen Schlag gegen seinen Bauch später, stand auch ich auf, um mein Gepäck aus dem Fach zu holen.

Vor dem Flughafen empfing uns unser zweiter Busfahrer, der uns ins Team-Hotel brachte.

Auch dort standen bereits Fans, die uns erwarteten. Die übliche Routine lief ab.

Und als wir die Zimmertür hinter uns geschlossen hatten, fiel ich auf das Bett und zog Tex mit mir. Wir landeten in einem zärtlichen Kuss aufeinander.

Zeit hatten wir jedoch leider nicht wirklich, denn in 20 Minuten sollten wir zum Abschlusstraining aufbrechen.

Wir zogen uns also lediglich um und dabei uns auch gegenseitig mit den Augen aus. Zumindest ich tat das bei Tex.

Er war eben für mich immer noch ein verdammt attraktiver Mann. Meine Faszination für ihn war noch genau so groß wie am ersten Tag.

»Guck nicht so …«

»Aber mir gefällt, was ich sehe.«

An seiner Beule in der Trainingshose erkannte ich, dass auch ihn die Situation nicht kalt ließ. Aber es nutzte ja nichts. Wir mussten los. Schweren Herzens lösten wir uns nach einem letzten Kuss voneinander und verließen dann unser Zimmer.

Das Abschlusstraining und die taktische Vorbereitung nahmen den kompletten Rest des Abends ein.

Erschöpft fielen wir ziemlich früh ins Bett. Ohne Sex.

Den gab es erst am Morgen. Zärtlich stülpte sich Felix Mund über meinen Schwanz. Und als ich blinzelte, grinste er mich mitsamt dem Schwanz im Mund frech an. Augenblicklich begann ich zu stöhnen. Seine Praktik war so gut, dass mein Oberkörper sich immer wieder aufbäumte. Und weil er so gut war, dauerte es nicht lange, bis ich ihn warnte, dass er bald ein Proteinfrühstück bekam.

»Das war mal eine Ladung.« Er schleckte sich über die Lippen. »Hast ordentlich was abgeladen. Aber lecker.«

»Dann brauchst du ja kein Frühstück mehr …«

»Das nicht, aber …« Er blickte hinunter zu seinem harten Schwanz. Also rappelte ich mich auf und begann ebenfalls, ihn mit dem Mund zu verwöhnen. Zwar war mein Verlangen nach dem Zeug nicht so groß, aber da er mir schon einen so schönen Abgang verschafft hatte, ließ ich nicht von ihm ab, als seine Warnung kam. Und so kam auch ich zu meinem ersten Proteinfrühstück des Tages. Im Gegensatz zu Tex spuckte ich das Zeug aber lieber in mein altes Shirt als es zu schlucken. Anschließend war sofort Zähneputzen angesagt.

Nach dem Frühstück gab es noch eine letzte taktische Besprechung. Der Videoanalyst besprach mit uns die Schwächen der Gegner ebenso wie unsere Stärken.

Danach standen noch für einige Spieler Behandlungen bei den Physiotherapeuten an und nach einem leichten Mittagessen war um 14:30 Uhr der Aufbruch ins Stadion angesagt.

Spätestens jetzt war jeder konzentriert und in sich gekehrt. Die meisten hörten über ihre Kopfhörer Musik. Es wurde nur noch wenig gesprochen.

Die Aufwärmübungen verliefen so routiniert wie immer.

Erst als es an den Einmarsch ging und Tobias zum ersten Mal als Profi-Fußballer den Rasen betreten würde, stand er nervös neben mir und schaute mich wortlos an.

»Das wird schon. Mach einfach das, was du gut kannst: Fußball spielen!«

Nach einem freundschaftlichen Schlag auf die Schulter liefen wir nach draußen.

Der Empfang nach der Sommerpause war überwältigend. Die Fans freuten sich auf das erste Spiel und auch wir waren heiß darauf.

Während des Spiels passierte rein gar nichts. Weder gab es irgendwelche Schmähungen gegen Felix und mich, noch gab es überschwängliche Sympathiebekundungen.

Zu diesem Thema blieb es einfach still.

Mit einem 0:2-Sieg konnten wir dieses erste Spiel beenden. An beiden Toren war ich durch die Vorlage beteiligt. Tex hatte seinen Kasten sauber gehalten. Was wollte man mehr?

»Hätten Sie sich nicht mehr Unterstützung gewünscht?«, fragte mich der Reporter im Interview nach dem Spiel.

»Die hatten wir doch heute durch unsere Fans. Da sind wir sehr, sehr dankbar.«

»Ich meinte speziell Sie und Felix Theisendorf.«

»Wir sind Teil eines Teams. Wir brauchen an sich keinen speziellen Support.«

»Fanden Sie es nicht ungewöhnlich, dass heute so gar nichts kam?«, bohrte er weiter nach.

»Was sollte denn kommen? Meinen Sie, wir brauchen immer eine Extrabehandlung? Oder dass wir andauernd geil drauf sind, Schmähungen zu bekommen? Glauben Sie mir: Das heute war genau richtig. Es waren keine gezielten Solidaritätsmaßnahmen unserer Fans nötig. Und das ist auch gut so, weil es auf der anderen Seite auch keine Schmähungen gab. Endlich waren wir dort, wo wir sein wollten: Homosexualität hat hier und heute keine Rolle mehr gespielt. Es darf einfach so sein. Ich finde, das ist ein Etappensieg der Toleranz und wenn es so bleibt, dann wird sich vielleicht auch der ein oder andere Spieler im Laufe der Saison trauen, sich uns anzuschließen. Aber es muss jeder für sich selbst wissen, ob er die Nervenstärke dazu hat. Meine Unterstützung hat derjenige und sicher auch die von Felix.«

Kapitel 19

»Daaaaaaaaaaniel«, rief Mario durch den Flur des Krankenhauses. Ich war so schnell gekommen, wie ich konnte.

Sein kleiner Sohn war drei Tage zu früh dran und entsprechend aufgeregt lief Mario auf und ab.

»Beruhige dich! Alles wird gut gehen, du wirst sehen!«

»Aber er sollte doch erst …«

»… in drei Tagen kommen, ja! Das ist doch aber ganz in Ordnung so. Ich freue mich, dass er sich beeilt. So kann ich ihn wenigstens noch sehen, bevor ich übermorgen zum Spiel abreisen muss.«

Wir warteten gemeinsam, bis Mario endlich hineingerufen wurde und seinen Sohn voller Stolz im Arm halten durfte. Es dauerte für Mario eine gefühlte Ewigkeit und er lief wie ein Tiger im Käfig im Flur des Krankenhauses auf und ab.

»Herr von Altenberg?«, sprach ihn irgendwann eine Schwester an.

»Ja? Das bin ich!«

»Kommen Sie bitte mit!«

Er blickte mich nur an, nickte und verschwand mit der Krankenschwester durch die Tür.

Nun war es an mir zu warten, bis er mich hereinholte.

»Daniel, darf ich dir dein Patenkind vorstellen: Das ist Erik Daniel von Altenberg. Erik, das ist dein Patenonkel: Daniel!«

Den Namen hatte er bis jetzt geheim gehalten, nicht aber, dass es ein Junge werden würde.

Ich war gerührt und bewegt, dass er meinen Namen als zweiten Vornamen bekommen sollte.

»Hast du dir das gut überlegt?«

»Ja, natürlich! Er soll sich allein durch seinen Namen immer daran erinnern, wer sein Patenonkel ist.«

»Herzlichen Glückwunsch den Eltern und willkommen, Erik Daniel!«

Ich umarmte sie alle drei.

Kapitel 20

»Feeeeelix! Wir müssen los!«

»Ja, doch! Ich komme ja gleich!«

Mein Ehemann kam aus dem Schlafzimmer und nahm mich beruhigend in den Arm. »Es ist noch genügend Zeit. Wir müssen nicht hetzen.«

Ich wollte nicht zu später kommen. Immerhin war das ein entscheidender Tag.

Dass Erik uns dabei haben wollte, war irgendwie folgerichtig. Er war immer ein wichtiger Teil in meinem Leben gewesen. Und ich war ihm der Onkel, zu dem er mit seinen Sorgen und Nöten kommen konnte. Er teilte aber bereitwillig auch all seine Freuden mit mir. Manchmal mehr als mit seinem Vater, der hin und wieder gegen unsere enge Beziehung stichelte.

»Du wolltest, dass ich sein Pate werde. Du bist also selbst schuld.«

Für mich und Felix war Erik wirklich eine Art Ersatz dafür geworden, dass wir keine Kinder hatten. Wir verwöhnten ihn, als er noch ein kleiner Junge war, und förderten ihn, als er älter wurde.

»Erik von Altenberg, dessen Patenonkel Daniel Recker mit seinem Freund und späteren Ehemann der erste als homosexuell geoutete Fußballspieler ist, gibt heute sein Profi-Debüt für den FC Neuenstein, in dem auch schon Daniel Recker seine Karriere begonnen hatte.«

In einem langen Artikel rief die Zeitung mir die Ereignisse von vor 18 Jahren zurück ins Gedächtnis. Es war beeindruckend, wie die Zeit vergangen war.

Felix und ich hatten vor fünf Jahren unsere Karriere dort beendet, wo mein Patenkind nun seine beginnen würde.

Noch immer verband uns mit vielen unserer ehemaligen Kollegen eine langjährige und tiefe Freundschaft. Nur Nikolas hatten wir aus den Augen verloren.

Er war vor dem Ende seiner Karriere in die USA gegangen. Zwar verfolgten wir noch die Berichte über seine letzten zwei aktiven Jahre, aber dann brach der Kontakt ab.

Felix hatte den Tod seines Vaters zu betrauern. Er gab zwar nach außen den starken Mann, aber wenn wir allein waren, spürte ich seine Trauer. Die Trauer darüber, einen Vater verloren zu haben, der es bis zu seinem Tod nicht fertig brachte, sich mit seinem schwulen Sohn zu versöhnen. Ich vermutete, dass der Schmerz über den zweiten Teil schwerer wog, als die Trauer über den Tod selbst.

Der Tod führte Tex mit seinem Bruder und seiner Mutter noch enger zusammen. Das Haus, wegen dem es den Erbstreit mit der Tante von Tex gab, wurde entgegen der Drohung des Vaters an Tex überschrieben, der es sogleich an seine Tante und deren Söhne weiter verschenkte.

Nach unserem Outing vor gut 18 Jahren war Homosexualität im Fußball angekommen. Zwar kamen die folgenden Outings anderer Spieler eher zögerlich. Prozentual gesehen waren die Schwulen noch immer unterrepräsentiert. Allerdings wussten wir, dass nicht jeder die Nerven dazu hatte. Es machte aber Tex und mich sehr stolz, dass wir die Wegbereiter dafür waren, dass zu diesem Thema Normalität eingekehrt war.

Wir liebten uns noch immer wie am ersten Tag. Tex war im Alter für mich noch attraktiver geworden. Seine einst dunklen Haare wurden inzwischen von einigen Silberfäden durchzogen. Seine Augen blitzten noch immer in ihrem eisbergblau, besonders hell schienen sie zu sein, wenn wir miteinander schliefen. Und die Tradition mit unseren Freunden zumindest eine gewisse Zeit gemeinsam Urlaub zu verbringen, haben wir uns erhalten.

Dabei waren Sanni und Mario mit Erik ein fester Bestandteil geworden. Für Erik war es normal, unter Fußballern aufzuwachsen und sein Wunsch, in unsere Fußstapfen zu treten, war schon sehr früh bei ihm aufgekommen.

»Wenn ich einmal groß bin, werde ich auch Fußballer«, sagte er mir an seinem sechsten Geburtstag.

Seitdem waren 12 Jahre vergangen und er hatte es wahr gemacht. Mario hatte seinen Sohn auf der Privatschule des Vereins zur Nachwuchsförderung anmelden können, Erik hatte die Aufnahmeprüfungen bestanden und wurde über Jahre nicht nur schulisch, sondern auch sportlich gefördert und gefordert. Es war kein großes Wunder für uns, dass er kurz vor seinem 18. Geburtstag zum Probe-Training bei den Profis eingeladen worden war und nun im Kader stand.

Ich riss mich aus meinen Erinnerungen los und schaute auf meine Uhr. »Ich will nicht hetzen, ich will nur nicht zu spät kommen.«

»Daniel, wir haben VIP Karten. Sogar mit Parkplatz. Die Hälfte unserer ehemaligen Mannschaft wird da sein.«

»Und genau deshalb sollten wir jetzt los.«

Felix seufzte noch einmal. Dann nahm er die Autoschlüssel von der Kommode, zog seine Jacke an und verließ das Haus ohne ein weiteres Wort.

Ich folgte ihm. Im Auto wollte ich gerade ansetzen, etwas zu sagen, als er mir zuvorkam. »Ich weiß doch, dass du aufgeregt bist. Ich bin es auch. Erik ist ja quasi auch mein Neffe. Oder Patenkind.«

Wir küssten uns und er startete den Wagen.

Natürlich hatten wir Stau. Nervös trommelte ich auf dem Griff der Beifahrertür herum.

»Wir werden pünktlich da sein.«

Erst als wir in das Parkhaus des Stadions einfuhren, beruhigte ich mich etwas, denn jetzt wusste ich, dass wir es rechtzeitig schaffen würden.

Was für ein Luxus es früher für uns war, mit dem Bus zum Stadion gefahren zu werden, wussten Tex und ich erst zu schätzen, nachdem wir unsere Karriere beendet hatten und zum ersten Mal privat das Stadion besuchten.

»Erik wird aufgeregt sein.«

»Natürlich. Ich erinnere mich noch gut an mein erstes Spiel. Es war unbeschreiblich.«

Wir hatten mit dem FC Neuenstein während unserer aktiven Zeit noch vier Mal die Meisterschaft gewinnen können. Dazu noch den DFB Pokal und einmal sogar die Champions League. Ein weiterer Höhepunkt war für mich die Nominierung in den Kader der Nationalmannschaft. Immerhin wurden wir Vize-Europameister. Zur Weltmeisterschaft zwei Jahre später war ich leider verletzungsbedingt nicht dabei gewesen. Später war ich dann unter dem neuen Bundestrainer nicht mehr nominiert worden. Trotzdem konnte sich die Bilanz meiner Karriere sehen lassen.

Tex wurde zwei Mal zum Torhüter des Jahres gewählt. Er war zwar etwas älter als ich, aber bei Torhütern ist das Alter im Allgemeinen weniger ein Problem.

Wir konnten gleichzeitig unsere Karrieren beenden. Noch einmal erstrahlte dazu unser Stadion in den Farben des Regenbogens, als wir zu unserem Abschiedsspiel einen schwulen Fußballclub aus England empfingen. Dieses Freundschaftsspiel war ein gelungener Schlusspunkt unserer aktiven Laufbahn.

Die Fans verabschiedeten uns mit stehenden Ovationen. Nach all den Jahren tat es gut, zu wissen, dass wir akzeptiert waren.

»Hey, Daniel! Da seid ihr ja endlich!«

Mario sprang aufgeregt im VIP Bereich herum.

»Ich wollte auch schon früher los, aber Tex meinte, wir seien gut in der Zeit.«

»Na ja, jetzt seid ihr ja da.«

Sanni stand plötzlich mit Gläsern und Sekt hinter uns. Nachdem sie alles abgestellt hatte, konnten wir sie auch umarmen.

»Jungs, ich hab Schampus geholt. Kommt, das sollten wir begießen.«

Alex, Leutrim, Jonas, Sergio, Marius und Tobi Bergmann waren ebenfalls gekommen.

Wir freuten uns sehr, uns alle einmal wiederzusehen.

»Na, du stolzer Papa! Schön, dass Erik unsere Tradition weiter führt.« Marius umarmte meinen besten Freund. Auch Tex und ich wurden mit einer Umarmung begrüßt.

»Auf die alten Zeiten – und auf die kommenden!«

Das war wohl der Trinkspruch, der am besten zusammenfasste, warum wir heute hier waren.

»Sie kommen!«, stellte Mario aufgeregt fest. Und tatsächlich betrat die Mannschaft den Rasen zum Aufwärmen.

Vor meinem inneren Auge sah ich uns alle noch einmal auf dem Rasen stehen. Es war eine schöne Zeit damals. Nervenaufreibend. Und trotzdem schön. Was hatten wir in diesem Stadion und auf diesem Rasen für Erfolge gefeiert. Ich hoffte und wünschte Erik, dass er einmal genau so erfolgreich auf diesem Rasen sein würde wie ich es einst war.

»Rate mal, welche Rückennummer sich Erik ausgesucht hat!«

Bisher hatte es mir niemand gesagt, aber ich hatte auch nicht gefragt. Als es der Stadionsprecher verkündete, lief mir deshalb eine Gänsehaut über den Rücken.

»Mit der Nummer 18 … unser neues Talent: Erik von …«

»… Altenberg!«, grölten wir so laut wir konnten.

»Dann kann ja nichts mehr schief gehen.«

Und tatsächlich war es ein erfolgreicher Saisonauftakt für Neuenstein. Zwar reichte es nur für ein 1:0 und Erik war auch nicht am Tor beteiligt, aber er machte ein gutes Spiel. Kein Wunder, dass er dann auch zu seinem ersten Interview gebeten wurde.

»Wie fühlen Sie sich nach ihrem ersten Spiel?«

»Es ist ein grandioses Gefühl, hier zu stehen. Dort wo auch mein Patenonkel und sein Mann ihre Erfolge gefeiert haben. Ich bin sehr stolz, Felix und Daniel als meine Vorbilder zu haben und dass ich nun auch hier stehen darf.«

»Sie haben sich vermutlich nicht ganz unbedacht die Nummer 18 ausgesucht?«

»Da haben Sie Recht. Es soll ein bleibendes Zeichen sein, dass ich Daniel für alles dankbar bin.«

»Ihr Patenonkel und dessen Ehemann Felix Theisendorf haben den Weg für Homosexuelle im Fußball geebnet. Zunächst durch ihr Outing, dann durch ihre Hochzeit. Hatten Sie dadurch einmal irgendwo Nachteile?«

»Nein. Ich glaube nicht. Die Welt war einfach reif dafür. Und die meisten meiner Mitschüler haben mich eher um meine beiden Onkel beneidet. Das war schon in der Grundschule so. Kinder sind nicht intolerant, wissen Sie? Sie werden intolerant erzogen. Und daher waren alle meine Schulfreunde von Anfang an eigentlich nur darauf bedacht, dass ich einen guten Fußballer kenne. Was der mit wem in seinem Bett treibt, war denen völlig egal.«

»Meinen Glückwunsch zu Ihrem ersten Spiel und alles Gute!«

»Vielen Dank!«

Mario platzte vor Stolz, als er das Interview später im Fernsehen sah, weil sein Sohn da unten auf diesem Rasen stand.

Den Stolz aller anderen minderte das nicht im Geringsten.

An diesem Abend saßen wir alle bei Mario im Garten. Er hatte uns zur Feier des erstens Spiels von Erik zum Grillen eingeladen. Unser Held kam völlig fertig und mit seiner Sporttasche über der Schulter direkt zur Gartentür herein.

»Ich bin dem Geruch gefolgt. Ich hoffe, es gibt viel Fleisch!«, rief er, noch ehe er uns sah. Für ihn war die Feier eine Überraschung.

Diese konnte man ihm auch ansehen, als er aufblickte und uns alle im Garten an einer langen Tafel sitzen sah.

Mario begrüßte seinen Sohn mit einer herzlichen Umarmung. Auch Sanni küsste Erik voller Stolz. Als Nächstes drängelte ich mich zu meinem Patensohn. »Na, Großer! Meinen Glückwunsch! Auch zur Wahl der Nummer! Das hat mich echt aus der Bahn geworfen.«

Wir lagen uns lange in den Armen, ehe er sich auch Tex und all den anderen zuwandte.

»Dass ihr alle heute gekommen seid, macht mich so happy. Danke dafür!«

Als es dunkel wurde, wollte Mario seine Beleuchtung im Garten einschalten. Neben einer romantischen und sanften Beleuchtung des Gartens gab es auch eine Art Baustellenscheinwerfer. Den nutzte er zwar selten, aber er wollte trotzdem den beinahe schon fußballplatzgroßen Rasen ausgeleuchtet haben. Unzählige Male hatten Tex und ich in diesem Licht mit Erik Fußball gespielt.

An diesem Abend griff Mario jedoch zum falschen Schalter. Zweifellos wollte er die romantische Beleuchtung einschalten, allerdings blendete uns plötzlich das grelle Flutlicht und wir stöhnten alle auf.

Es erinnerte mich daran, wie sehr meine Beziehung zu Tex einst vom Flutlicht der Medien beleuchten wurde.

So schnell wie Mario das Licht eingeschaltet hatte, so schnell war es auch wieder erloschen. Stattdessen kam nun die romantische Beleuchtung zur Geltung.

Auch um unsere Beziehung war das Flutlicht weniger hell geworden und stattdessen hüllte unsere Beziehung der Schein einer romantischen Beleuchtung ein. Wir waren nicht mehr das schwule Vorzeigepaar im Fußball. Es gab inzwischen mehrere schwule Spieler.

Es war normal geworden.

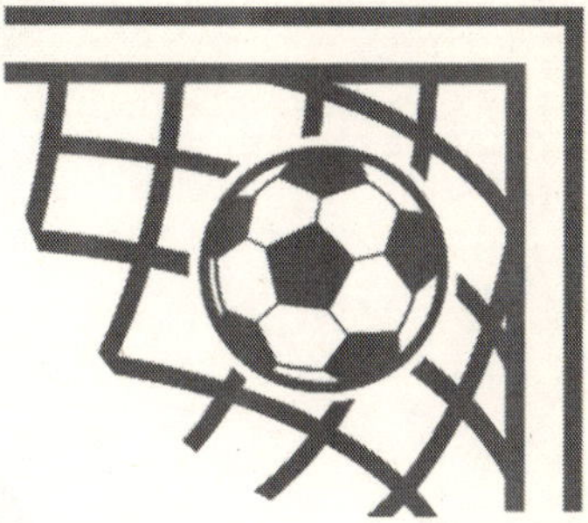

Danksagung

An den Schluss möchte ich wieder ein Wort des Dankes stellen.

Als mein alter Verlag schloss, hing dieses Buch quasi in der Luft.

Eine Fortsetzung ohne den ersten Teil veröffentlichen?

Ein bereits erschienenes Buch erneut veröffentlichen?

Kein Problem für den MAIN-Verlag! Ich bin Wolfram Alster unendlich dankbar, dass beide Bücher eine neue Heimat gefunden haben. Und das haben sie und ich wirklich!

Kurz nach Vertragsabschluss durfte ich bei einem Treffen des Verlages viele liebe Menschen kennenlernen – und deshalb weiß ich, dass »Heimat« hier nicht übertrieben ist.

Danke an Paul für die Gestaltung des zweiten Covers. Wir hatten da ziemlich schnell eine gleiche Wellenlänge. Deine Kreativität krönt das Buch!

Kathi und Karin vom Verlag möchte ich ebenfalls danken! Betreuung, Lektorat, Antworten auf wahrscheinlich schon tausendfach gestellte Fragen, der kritische Blick auf das Ganze, erst das macht das Buch zu einer runden Sache! Vielen Dank dafür!

Die Veröffentlichung des ersten Teils wurde durch meine Bloggerinnen begleitet. An dieser Stelle möchte ich dafür Karla, Melanie, Katrin, Jasmin, Saskia, Alexandra, Nele, Anneke und Isabella von Herzen danken!

Eure Rezensionen und eure Reichweite in den sozialen Medien haben den ersten Teil der Geschichte von Daniel und Tex den Menschen bekannt gemacht. Und wahrscheinlich haben wegen euch auch viele auf dieses Buch gewartet.

Meine Freunde haben mich mit ihrer Neugier auf dieses Buch sehr angetrieben. Für die lieben Rückmeldungen zu Teil 1 bin ich sehr dankbar. Hier sind vor allem Michi, Nico, Markus und René angesprochen.

Inzwischen kenne ich viele Autorinnen und Autoren. Auch für diesen Austausch bin ich dankbar. Für das Interesse an meinen Büchern danke ich namentlich Arne Dessaul, Charlotte Charonne, Alex Nitrak und vor allem Cookie Ellerdahl, die den ersten Teil in ihrem Podcast »Hörbühne« vorgestellt hat.

Die liebe Lumi hat wieder ganz viel Inspiration und Ideen bei der Findung des Titels beigetragen. Vielen Dank dafür!

Sabine war auch an dem Entstehungsprozess dieses Buches beteiligt. Dir gilt mein Dank für die erste Kritik und die ersten Anmerkungen!

Philipp Pless und Alex Günter von der Futsal-Nationalmannschaft haben mir viele Einblicke gegeben, ohne die ich nicht so viel Fachwissen und Hintergrundinformationen gehabt hätte. Was passiert in der Pause in der Kabine? Wer weiß das schon so genau? Vielen Dank euch beiden!

Und auch Schatzi sei von Herzen gedankt. Deine Bestärkung war für mich der Motor!

Der letzte Dank gilt wie immer Ihnen: Den Leserinnen und Lesern dieses Buches! Ich freue mich über jede Rückmeldung, Rezension oder Bewertung des Buches. Es hilft kleinen Autorinnen und Autoren ungemein, auch bei andern ins Blickfeld zu geraten. Erzählen Sie von dem Buch, wenn es Ihnen gefallen hat. Verschenken Sie es. Sprechen Sie über die Thematik. Schreiben Sie mir auch gerne bei Instagram: Camellomuc

Dort gibt es immer die neuesten Nachrichten – auch zu zukünftigen Veröffentlichungen.

MAIN Verlag

LSBTIAQ+ Ansprechpersonen im Fussball

Team out and proud (DFB)

Seit dem 01.01.2021 gibt es die erste Kompetenz- und Anlaufstelle für sexuelle und geschlechtliche Vielfalt im Fußball mit dem Projekttitel »Team out and proud«. Die Kompetenz- und Anlaufstelle ist ein gemeinsames Projekt vom Deutschen Fußball Bund (DFB) und dem Lesben- und Schwulenverband Deutschland (LSVD).

Kontakt:

Christian Rudolph, Tel.: (030) 78 95 47 78
E-Mail: info@teamoutandproud.de
Website: www.teamoutandproud.de

Berliner Fußball-Verband

Ansprechpersonen für »geschlechtliche und sexuelle Vielfalt« im Berliner Fußball ist Michaela Jessica Tschitschke.

Kontakt:

E-Mail: vielfalt@berlinerfv.de

Badischer Fußballverband

Sven Wolf ist Ansprechpartner für sexuelle Vielfalt im Badischen Fußballverband.

Kontakt:

E-Mail: sven.wolf@badfv.de und sandra.rixen@badfv.de

Bremer Fußball-Verband

Franziska Temper ist Referentin Gesellschaftliche Verantwortung beim Bremer Fußball-Verband.

Kontakt:

E-Mail: franziska.temper@bremerfv.de

Fußball-Verband Mittelrhein

Ansprechperson für queere Themen im FVM ist Andreas Stiene

Kontakt:

E-Mail: andreas.stiene@fvm.de

SV Darmstadt 98

Alexander Arnold Ansprechperson für sexuelle Vielfalt beim SV Darmstadt 98

Kontakt:

E-Mail: vielfalt@fufa-sv98.de

Initiativen im Fussball

QFF

Queer Football Fanclubs (kurz: QFF) ist ein Netzwerk kontinentaleuropäischer LGBTIQA+ Fußball Fanclubs, welche sich erstmals im Herbst 2007 zu einer gemeinsamen Konferenz trafen. In den folgenden Jahren kamen immer mehr Fanclubs hinzu, die sich zu den Zielen des Netzwerkes bekennen. Die QFF wenden sich gegen jegliche Diskriminierung, insbesondere aufgrund der sexuellen Orientierung und Identität. Es ist den QFF ein besonderes Anliegen, weitere Gründungen schwul-lesbischer Fanclubs zu fördern und diese bei der Integration in die jeweilige Fanszene zu unterstützen.

Kontakt:

E-Mail: info@queerfootballfanclubs.org
Website: www.queerfootballfanclubs.org

Fußballfans gegen Homophobie

Fußballfans gegen Homophobie ist eine Fan-Initiative die 2011 in Berlin als eine deutliche Positionierung von Fußballfans gegen Homophobie gegründet wurde. Das 9 x 1 Meter große lila-farbene Wanderbanner mit der Aufschrift »Fußballfans gegen Homophobie« und den beiden Kussmotiven vor einem Regenbogen war bisher bundesweit von der 1. Bundesliga bis zur Freizeitliga, wie International bei über 150 Stationen zu Gast.

Kontakt:

E-Mail: info@fussballfansgegenhomophobie.de
Website: www.fussballfansgegenhomophobie.org

#KickOUT

Über 100 queere Menschen zeigen mit #kickout Gesicht, kämpfen gegen Diskriminierung und sind Vorbilder für andere – auf und neben dem Platz. Sie sind lesbisch, schwul oder bisexuell. Sie sind transident, intergeschlechtlich oder nichtbinär. Sie sind in der Kreisklasse oder der Champions League aktiv. Sie sind in Deutschland zu Hause oder international.

Kontakt:

Website: https://www.kicker.de/kickout

#SportPride

Die SportPride ist eine Social-Media Kampagne zum Pride Month. Der Lesben- und Schwulenverband Deutschland (LSVD), die Fußballfans gegen Homophobie (FfgH), die Queer Football Fanclubs (QFF), F_in Netzwerk Frauen im Fußball und Football Supporters Europe (FSE) rufen im gesamten Monat Juni für mehr LSBTIAQ+ Sichtbarkeit im Sport auf. Unterstützt wird der Aufruf von Sportverbänden und Vereinen wie u.a. dem Deutscher Olympischen Sportbund (DOSB), dem Deutschen Fußball-Bund (DFB).

Kontakt:

E-Mail: info@sportpride.net
Website: http://sportpride.net/

KoFaS – Vielfalt im Stadion

Die KoFaS (Kompetenzgruppe Fankulturen und Sport bezogene Soziale Arbeit) führt seit Anfang des Jahres 2020 das Modellprojekt »Vielfalt im Stadion« durch, dessen Ziel es ist, den Publikumssport Fußball zugänglicher zu machen, Barrieren abzubauen und – wenn nötig – für mehr Schutz zu sorgen. Mit verschiedenen Maßnahmen, wie einer praxisorientierten Forschung und der Entwicklung von Handlungskonzepten an fünf Modellstandorten, sollen die genannten Ziele bis 2024 erreicht werden.

Kontakt:

Website: www.vielfaltimstadion.de/

Weitere Bildungsangebote im Fussball

IFV Leipzig

Die IVF Leipzig ist seit 10 Jahren in der Antidiskriminierungsarbeit im Fußball aktiv. Mit dem neuen Projekt »Ein Verein für Alle« setzt das der Verein explizit auf eine langfristige Zusammenarbeit mit sächsischen Fußballvereinen. Im Mittelpunkt des Projekts steht die Sensibilisierung der Vereinsmitglieder gegenüber diskriminierendem Verhalten und Vorurteilen im Fußball sowie ein Austausch über Gegenstrategien.

Kontakt:

E-Mail: info@ivf-leipzig.org

Website: www.ivf-leipzig.org

Fußball Museum Dortmund

Schüler (und Lehrer) können das Deutsche Fußballmuseum auf zwei Arten nutzen: als Ausflugsziel und als außerschulischen Lernort. Für den außerschulischen Lernort bietet das Fußball Museum gemeinsam mit der Stiftung Erinnerung, Verantwortung, Zukunft, dem Fachbereich Schule, dem Land Nordrhein-Westfalen und der Stadt Dortmund den Projekttag Vielfalt an. Weitere Projekttage gibt es zu den Themen Gesundheit und Homophobie.

Kontakt:

Website: www.fussballmuseum.de/angebote/schule-im-museum

Bildung am Millerntor

BAM! bietet verschiedene kostenlose Workshops für Schulklassen und Jugendgruppen an. Gebucht werden können Einheiten zu den Themen: Vorurteile/Diskriminierung, Nachhaltigkeit, Gender und Fußball sowie zur NS-Vergangenheit des Vereins FC St. Pauli und aktuellen rechte Entwicklungen im Fußball. Abgerundet werden die Lerneinheiten mit einer thematisch angepassten und interessanten Stadionführung.

Kontakt:

E-Mail: lernort@1910-museum.de

Website:

www.lernort-stadion.de/lernzentrum/bam-bildung-am-millerntor

Fanprojekt SV Babelsberg 03

Das Fanprojekt Babelsberg der Stiftung SPI hat einen Workshop für Jugendliche zu den Themen Diskriminierung und Antidiskriminierung auf den Weg gebracht. In dem Kurs (2-4 Stunden), der vorrangig auf Schulklassen, Sportvereine oder Jugendverbände zugeschnitten ist, lernen die Teilnehmenden Strategien im Umgang mit Diskriminierung. Ausgehend von eigenen oder geteilten Erfahrungen der verschiedensten Diskriminierungsformen wie zum Beispiel Rassismus, Homophobie und Sexismus, werden deren Ausprägungs- und Erscheinungsformen, vorrangig im Metier des Fußballsports, erarbeitet.

Kontakt:

E-Mail: fanprojekt-babelsberg@stiftung-spi.de

Come Together Cup

Der Come-Together-Cup ist ein überregionales deutsches Benefiz-Fußballturnier, das seit 1995, jährlich zur Verständigung zwischen homo- und heterosexuellen Menschen für Freizeitsportler veranstaltet wird.

Kontakt:

Website: www.come-together-cup.de/

Respect Gaymes

Bei dem Sport- und Kulturevent Respect Gaymes treten junge Menschen gemeinsam an, für gegenseitigen Respekt. Die Respect Gaymes wurden 2005 ins Leben gerufen und dient der Begegnung zwischen homosexuellen und heterosexuellen Menschen, die sonst wenige Berührungspunkte haben. Das Ziel ist es, Vorurteile abzubauen und Respekt und Toleranz zu fördern.

Kontakt:

Website: berlin.lsvd.de/projekte/respect-gaymes/

Stefan Mellentin
Flut-Licht-Gefühle

ISBN: 978-3-95949-529-5

Daniel Recker wird in die erste Mannschaft eines Fußballclubs berufen. Eine riesige Chance für das neue Supertalent! Er ist gut – und schwul. Sich als Jugendlicher im Fußball zu outen, ist auch heute noch praktisch unmöglich. Das ist aber nicht Daniels einziges Problem.
In seinem neuen Verein trifft er auf den Torwart Felix »Tex« Theisendorf, der sein Idol und heimlicher Schwarm ist. Sie freunden sich an und Daniel verliebt sich in ihn. Nur weiß er nicht einmal, ob Tex schwul ist.
Gefühle machen aber nicht an der Seitenlinie halt.

tsvweilimdorf
TSV WEILIMDORF
FUTSAL
ES IST EGAL WER DU BIST.
ES IST WICHTIG WER DU SEIN WILLST.

FÜR
ALLE
DEUTSCHER
FUSSBALL-BUND
DFB.DE/VIELFALT
Team out & proud Kompetenz- und Anlaufstelle für sexuelle und geschlechtliche Vielfalt im Fußball
Tel.: 030 - 78 95 47 78 | Mail: christian.rudolph@lsvd.de